A Grande Marcha Ewerton Martins Ribeiro

A Grande Marcha
Ewerton Martins Ribeiro

COPYRIGHT © 2014, EWERTON MARTINS RIBEIRO
Todos os direitos reservados

COORDENAÇÃO EDITORIAL
Renato Rezende

CAPA
Rafael Bucker

MIOLO E DIAGRAMAÇÃO
Luisa Primo

REVISÃO
Equipe Circuito

PRODUÇÃO GRÁFICA
Jorge Marques

EDITORA CIRCUITO
Rua Joaquim Silva, 98, sala 201, Lapa
CEP 20241-110, Rio de Janeiro, RJ, Brasil
Tel./fax: (21) 2252-0247 (21) 2232-1768
www.editoracircuito.com.br

Dados Internacionais de Catalogação na Publicação (CIP)
(Câmara Brasileira do Livro, SP, Brasil)

Martins Ribeiro, Ewerton
    A Grande Marcha
    1ª ed. - Rio de Janeiro: Editora Circuito, 2014
    1. Literatura brasileira   2. Ficção

ISBN 978-85-64022-44-7
10-5582   CDD-150-195

Índices para catálogo sistemático
1. Literatura brasileira   709.78633

Para Milan Kundera.
Para Estene Maria, sempre a minha primeira leitora crítica (ainda que mãe).
Para Elmer e Etiene, pela vida em fraternidade.

1

O KITSCH É UM CONCEITO INQUIETANTE, e Milan Kundera, com a abordagem que lhe faz, coloca muitos de nós em dificuldade: pois como pensar sobre o aspecto kitsch ou sobre o *fake* da nossa cultura se hoje custamos a encontrar algo que desta cultura escape de ser uma completa farsa!

Mas logo me vejo embaraçado ao relacionar assim tão diretamente o kitsch ao *fake*. O risco é de o leitor me tomar por ingênuo, e com razão — o que em nada ajudaria a nossa difícil aproximação. Daí a necessidade de fazer aqui um registro esquemático, marcando o *fake* como uma específica manifestação do kitsch, e não o inverso.

Falo em kitsch e em *fake* porque há anos penso em Franz, mas foi só sob a luz dessas reflexões que eu o vi claramente pela primeira vez. Franz, que encontramos morando com os pais até os trinta e tantos anos de idade. Que diz para si que cuida dos dois, quando no fundo apenas se sente incapaz de cuidar sozinho de sua própria vida.

Eu vejo Franz de pé, na vanguarda da Grande Marcha, os olhos fixos na barricada formada pelos policiais da tropa de choque, sem saber o que fazer. Só então o vejo plenamente — como nunca havia imaginado ser possível enxergá-lo.

Parado nesta posição, Franz me faz pensar no kitsch como aquela perspectiva estética do exagero melodramático, sensacionalista e cênico que domina nossa portentosa *intelligentsia*. Mas não só ela: todos os que pensamos e os que não pensamos a nossa presença no mundo, os que marchamos e os que apenas assistimos à Grande Marcha, os que criticamos e os que defendemos as posturas e imposturas, os que participamos e os que fazemos de tudo para escapar à participação (principalmente nós últimos, por nosso duplo ridículo). Franz nos reúne todos em si, ao tempo em que marcha ausente, vazio de um tudo.

O herói me faz lembrar Kundera, quando o escritor define o kitsch naquela nossa tendência de renegar a merda cotidiana, tanto no sentido literal quanto no sentido figurado. Às vezes, penso que meu Franz é esse mesmo que Kundera vê à luz da merda, com o qual tanto se deslumbrou. Mas logo me percebo tropeçando novamente em apressadas associações. O Franz de Kundera é imortal, e sua inevitável posteridade rouba-lhe uma lasca de seu caráter ridículo. O meu, ao contrário, não conta com nada que torne menos irrisória a sua situação.

2

O KITSCH É ETERNO. Não há um só povo, em qualquer tempo, que dele tenha escapado. Para muitos, no entanto, sua existência sempre foi latente. Os brasileiros, por exemplo, fomos poupados por um longo tempo de enfrentá-lo em consciência, por causa da latinidade da língua. Sempre nos faltou um termo adequado para defini-lo. E, como sabemos, o suporte da linguagem é o primeiro e imprescindível passo para qualquer tomada de consciência.

Em meados do sentimental século 19 surge a palavra alemã, que se espalha por tudo quanto é língua até nos alcançar: éramos definitivamente expulsos do paraíso da ignorância do kitsch.

Se por um lado ele é eterno, por outro prospera em conjunturas específicas, como nos períodos em que se vive um contexto social de maior acesso à opulência. Não admira ele ter se revelado em toda a sua pujança na medida da ascensão da civilização burguesa.

(Hoje Kundera acrescentaria que surpreende ainda menos o fato de o kitsch ser, no ocaso de tal civilização, o mais clichê dos sóis de verão, que insiste em brilhar a pino no meio de um céu já crepuscular. Como o certo é que Kundera não venha acrescentar nada por aqui, acrescento por ele.)

3

O BRASIL DE FRANZ VIVE já há duas décadas o tempo do "nunca antes na história deste país". Já se disse que nunca antes na história deste país a nação vivera tamanha abertura política em direção à democracia. E em seguida que nunca antes na história deste país a inflação havia sido tão significativamente controlada. Ainda ontem era possível ouvir: nunca antes na história deste país houve tamanha estabilidade política e social! E logo se ouviu que nunca antes na história deste país tivera-se a feliz reeleição de um presidente democraticamente eleito.

No decorrer dos anos, o repertório foi se diversificando. Veio o século 21 e nunca antes na história deste país tantos migraram da pobreza para melhores condições de vida. Até porque nunca antes na história deste país havia se pensado tanto na questão social — foi o que se repetiu à exaustão. O país passava a ser admirado pelos mercados internacionais como nunca antes havia acontecido. E investia-se no desenvolvimento com intensidade recorde, como sequer se poderia ter imaginado em qualquer tempo.

Tudo vinha acontecendo como nunca antes na história do país havia acontecido e, se refletimos sobre isso com um mínimo de atenção, não fica difícil entender por que vivemos atualmente a era de ouro do kitsch tupiniquim.

4

MAS O KITSCH É UM CONCEITO UNIVERSAL, que se liga à arte tal como o falso liga-se ao autêntico. É de fato uma negação desse autêntico (e nesse ponto não escapamos de nos aproximar novamente da ideia do *fake*), o que naturalmente remete a um pensamento ético pejorativo.

Há uma gota de kitsch em toda arte, assim como há ao menos um pingo seu em qualquer sociedade. Chama a atenção quando, em alguma delas, ele se transforma em uma enxurrada a planificar e plastificar tudo o que encontra pela frente. Das obras de arte às pessoas, das relações humanas às reflexões sobre elas, o kitsch subitamente coloca tudo e todos em plena marcha, desfilando simetricamente (a mais hábil ordem é aquela que se disfarça com a máscara do caos) sob um intenso alvoroço uníssono, impossível de discriminar, e inescapável.

É no meio dessa enxurrada que eu vejo Franz com precisão. Franz é um entre os inúmeros pixels coloridos que matizam a larga avenida a caminho do estádio, transformando-a num enorme mosaico humano. Na média distância, formam um universo diverso, desengonçado, complexo e antagônico, que convence com facilidade de que ali se tem a imagem-mãe da humanidade traçando o seu caminho à frente: o perfeito exemplo da pluralidade humana que anda em direção ao seu futuro. Aquele que se esforçasse para obter o distanciamento necessário para a ampla percepção, no entanto, dando quantos passos fossem precisos para trás antes de lançar seu olhar apressado, veria todas aquelas cores se diluírem num pastoso e homogêneo branco leite, ridiculamente monocromático, quase estático. Numa distância impossível, enxergaria inclusive o desfile como um ínfimo ponto em meio a um imenso universo alheio.

Não escapo de ver a enxurrada em que Franz subexiste como aquele desejado copo de leite derrubado sem querer no café da manhã, que a faxineira leva uns minutos para limpar, enquanto eu os observo distraído.

5

NO DECORRER DO ÚLTIMO SÉCULO, o uso repetido da palavra fez com que se apagasse seu sentido metafísico original: em essência, como já disse, o kitsch é a negação absoluta da merda. Ele exclui de seu campo visual tudo o que a existência humana tem de essencialmente inaceitável.

Sugere-se que a palavra remonta ao alemão do sul. *Kitschen* é atravancar e, num sentido mais específico, significaria algo como "fazer móveis novos com os móveis velhos". Também vale pensar em *verkitschen*, alusão a uma trapaça, a uma receptação, à ideia de vender alguma coisa no lugar do que havia sido combinado. Este seria o ponto: há, em algum momento, uma metamorfose; uma transformação.

A primeira revolta interior de Franz contra o desenvolvimentismo não tinha uma conotação ética, mas fundamentalmente estética. O que o repugnava não eram tanto as implicações morais advindas do mundo globalizado (as periferias convertidas em senzalas), mas sim a feiura desse mundo, e mais especificamente a máscara de beleza com que ele se disfarçara — isto é, o kitsch globalizado. Para Franz, o modelo desse kitsch era a palestra motivacional, em que o palestrante substituía o termo "vida" por "carreira" em suas frases e as proferia num tom épico.

Franz amava e odiava a palestra motivacional. Mas não nos aprofundemos nisto por enquanto. Falemos ainda do kitsch.

Por ocasião de um fim de semana de estiagem — numa temporada que não vinha dando trégua para programa algum fora de casa —, Franz e Rachel decidiram viajar com dois casais de amigos para a fazenda de um deles. Os casais, por sua vez, levavam cada um o seu par de filhos.

Ao chegarem, as crianças saltaram dos carros num pulo, e imediatamente se puseram a correr mato adentro, brincando a esmo. Eram dois casaizinhos. Os quatro buscavam se pegar e, ao mesmo tempo, cada um tentava fugir dos três demais, obviamente sem encontrar forma de atingir os dois objetivos simultaneamente. Vitória e derrota estavam filosoficamente intrincadas na pureza do divertimento infantil.

Os pais alertaram cuidados aos pequenos, mas logo se ocuparam de descarregar as malas e dos demais assuntos adultos, como a necessidade de colocar as bebidas para gelar. Franz ainda estava ao volante, e olhava com ar sonhador as quatro pequenas silhuetas que corriam. Virou-se para Rachel: — Olhe para eles! — disse, fazendo com a mão um gesto amplo, que abrangia toda a visão que tinham da vegetação, das crianças e das montanhas, que, ao fundo, emolduravam a cena. — É isso que eu chamo de felicidade.

Essas palavras não eram apenas uma expressão de alegria diante das crianças que corriam e do matagal nativo que crescia abundante e verde naquele período chuvoso; eram antes uma manifestação de que neste mundo são possíveis situações em que a vegetação não cresce e as crianças não correm.

Como podia Franz saber que crianças significavam felicidade? Enxergaria dentro de suas almas? E se três dessas crianças, quando saíssem de seu campo visual, se atirassem sobre a quarta, esmurrando-a?

Franz tinha apenas um argumento em favor de sua afirmação: a sensibilidade. Quando o coração fala, não é conveniente que a razão faça objeções. No reino do kitsch, impera a ditadura do coração.

(Para Rachel, toda criança simbolizava maternidade. De forma que sempre estremecia com cenas como aquela. Seus calafrios, no entanto, eram especialmente intensos quando na presença de Franz.)

É preciso evidentemente que os sentimentos suscitados pelo kitsch possam ser compartilhados pelo maior número possível de pessoas. O kitsch não se interessa pelo insólito. Ele fala de imagens-chave, profundamente enraizadas na memória dos homens: um filho ingrato, uma mãe abandonada, as crianças correndo no mato, a lembrança do primeiro amor.

O kitsch faz nascerem, uma após outra, duas lágrimas de emoção. A primeira lágrima diz: como é bonito crianças correndo em meio à natureza!

A segunda lágrima diz: como é bonito ficar emocionado, junto a toda a humanidade, diante de crianças correndo em meio à natureza!

Somente essa segunda lágrima faz com que o kitsch seja o kitsch.

Ninguém sabe disso melhor do que os políticos. Assim que percebem uma máquina fotográfica nas proximidades, correm para a primeira criança que veem para levantá-la nos braços e beijá-la no rosto. O kitsch é o ideal estético de todos os homens políticos, de todos os partidos e movimentos políticos.

A fraternidade entre todos os homens não poderá nunca ter outra base senão o kitsch.

É nesse sentido que o nosso kitsch ordinário remonta a toda a carga significativa que sua etimologia alemã nos oferece. O kitsch faz móveis novos dos nossos móveis velhos, fazendo-nos acreditar que se tornaram outros móveis, que são agora de fato outros móveis, e não mais aqueles. O problema é que no fundo essa mobília continua sendo exatamente a mesma que não tinha valor algum, que antes de ser transformada tornava a nossa casa um lugar porco e desprovido de sentido. O velho impasse entre essência e aparência.

Mas o kitsch ainda transcende os objetivos e estilos: trata-se, de forma ampla, das relações que o ser mantém com as coisas. Em última instância, o kitsch é uma quase inescapável maneira de ser: da mesma forma que impele o político a abraçar e beijar a primeira criança que encontra pela frente (ele não reflete sobre a ação, tampouco lhe chega à consciência qualquer pensamento sobre a necessidade de fazer tal reflexão), também impele Franz a abraçar a Grande Marcha como o desfile inequívoco da humanidade em direção a seu glorioso destino.

É nesse sentido que o kitsch é uma trapaça, o gato entregue no lugar da lebre: pano de fundo que atravanca o acesso ao que estaria para além do final da cena, mas que diz de si mesmo ser tudo o que existe; o pano e, ao mesmo tempo, o fundo. O kitsch é esse gato, que, afirmando-se lebre, apresenta a si mesmo no meio de um imenso palco imaginário, sem vacilar de si sequer por um instante.

6

NO MEIO DOS MANIFESTANTES, um jornalista de 47 anos circula como se estivesse novamente nos tempos de sua juventude. Fotografa, filma, apura, escreve e posta na internet em tempo real; mete-se nas contendas entre policiais e manifestantes, coloca o celular na boca dos homens da tropa de choque ao tempo em que lhes exige que se identifiquem, já que seus uniformes não contêm nomes nem patentes. Quando abordado de forma truculenta, não hesita em informar seu nome em voz firme, certo de que a fama jornalística de outrora lhe garantirá alguma imunidade em meio aos conflitos.

Nas ruas, passa o dia fotografando os policiais em toda sorte de situações comprometedoras, tentando identificá-los em suas publicações. Consegue sempre os melhores ângulos para suas fotos, e seus textos retomam o melhor da escrita da velha escola. Mas voltemos ainda, por um último instante, ao kitsch.

7

NUMA SOCIEDADE EM QUE COEXISTEM várias correntes políticas e suas influências se anulam ou se limitam mutuamente, é possível escapar da inquisição do kitsch: o indivíduo pode proteger sua originalidade e o artista pode criar obras inesperadas (mas talvez, para isso, ainda precise paradoxalmente se valer da obra de outrem como mote). Entretanto, nos lugares em que um só partido detém todo o poder, ou onde vários partidos se alinham no entendimento de que o objetivo de alcançar o poder é anterior a toda ideologia e corrente política, somos envolvidos sem escapatória pelo reino do kitsch totalitário — ainda que pintado com o dourado do rótulo *democracia*.

Se digo totalitário é porque, nesse caso, tudo o que ameaça o kitsch é banido da vida: toda manifestação de real individualismo (toda discordância é uma cusparada no rosto sorridente da fraternidade entre os homens de bem), todo ceticismo (quem começa duvidando de detalhes acaba duvidando da própria vida), o ateísmo (questionar a existência de Deus é pressupor uma autonomia de pensamento insustentável no mundo do kitsch), a ironia e o sarcasmo (porque no reino do kitsch tudo tem que ser levado a sério — a não ser a originalidade, que esta sim necessita, no reino do kitsch, ser irônica) e também a mãe que abandona a família ou o homem que prefere os homens às mulheres, ameaçando assim o sacrossanto amai-vos e multiplicai-vos.

Sob esse ponto de vista, aquilo a que chamamos *periferia* pode ser considerado o aterro sanitário para onde o kitsch totalitário se esforça em empurrar os seus detritos. Essa imagem nos apresenta a verdadeira função do kitsch: a de um biombo que se ergue por todo o panorama para impedir a visão do aterro e dissimular a morte.

O kitsch é um biombo que dissimula a morte.

8

FRANZ RESIDE NO REINADO DO KITSCH TOTALITÁRIO, onde todas as respostas são dadas de antemão e excluem qualquer pergunta nova. Por isso o verdadeiro adversário do kitsch totalitário é o homem que interroga. A pergunta é como uma faca, que rasga aquele pano de fundo do cenário para que se veja o que está por detrás. O desafio é que o que está na frente é por vezes uma mentira inteligível, enquanto o que está por detrás é uma verdade incompreensível. Daí a resignação de tantos em manter o pano de cena intacto e apreciar o espetáculo do kitsch, ou de erguer automaticamente um novo pano assim que o original é rasgado por sua própria faca.

Ao pensar no kitsch e em Franz, acabo pensando na perspectiva "politicamente correta" dos tempos modernos, erguida pelo *mainstream* como uma bandeira branca que se alça na ponta de uma longa vara. E penso também naquelas curiosas e recorrentes situações (uma estratégia tão simples e ao mesmo tempo tão eficaz!) em que o politicamente correto é denominado politicamente incorreto, e então ganha imediatamente a adesão de uma enorme massa leviana. São estereótipos e chavões inautênticos a regerem, dominantes, o pensamento do *mainstream*, travestindo assepsia estética em valor de tradição cultural.

Falamos em regimes totalitários e naqueles que totalizam sob a máscara da pluralidade, pensando no Brasil. Aí se dá uma grande ironia. Os que lutam contra esses regimes também não podem lutar com dúvidas e interrogações. Necessitam também de certezas e verdades simples que possam ser compreendidas pelas multidões e provocar a comoção coletiva. O kitsch é esse grande espetáculo teatral que arranca aplausos entusiasmados do grande público, do qual todos são forçados a participar. Em última instância, é contra o kitsch que sai a Grande Marcha. A ironia é que ele é também a própria marcha, especialmente no que diz respeito àqueles que dependem dela para obter sentido para as suas próprias existências.

A Grande Marcha é uma soberba caminhada para a frente, essa espetacular caminhada em direção à fraternidade, à igualdade, à justiça, à felicidade, e mais longe ainda, a despeito de todos os obstáculos, pois os obstáculos são indispensáveis para que a marcha seja a Grande Marcha.

Em última instância, a Grande Marcha protesta contra si. E é no cerne dela que me deparo com Franz, os olhos fixos na barricada de policiais, pesando uma impossível decisão.

9

FRANZ ESTUDARA NUM COLÉGIO DE PONTA e, como era especialmente dotado, tinha à frente, desde os vinte anos, uma carreira científica assegurada. Daí por diante sabia que passaria a vida inteira entre as paredes das salas de universidades e bibliotecas; diante dessa ideia, tinha a impressão de que iria sufocar. Queria sair de sua vida como se sai de casa para ir à rua.

Havia marchado com a cara pintada quando nem bem havia superado a adolescência, e desde então ia com prazer às manifestações. Fazia-lhe bem comemorar alguma coisa, reivindicar alguma coisa, protestar contra alguma coisa, não ficar só, estar do lado de fora, estar com os outros, estar nas ruas. Os desfiles o fascinavam. Remontavam às histórias de tortura de seus pais, um passado já distante e lacunar, início da segunda metade do último século.

A multidão em marcha, proclamando palavras de ordem, era para Franz a imagem da humanidade e de sua história, do homem e de sua dor existencial.

Franz achava irreal sua vida entre livros. Aspirava a levar uma vida real, em contato com outros homens e outras mulheres, andando com eles lado a lado; aspirava a participar do clamor deles. Não se dava conta de que aquilo que julgava irreal (seu trabalho no isolamento das bibliotecas) era sua vida real, enquanto as passeatas que ele julgava reais eram apenas um espetáculo de teatro, uma dança, uma festa, em outras palavras: um sonho.

Essa fraqueza de Franz por todas as revoluções nos ajuda a entender a fratura que Rachel causou ao deixá-lo.

Quando de seus primeiros estudos, Franz simpatizara com Cuba, a China, a União Soviética. Depois, desgostoso ao descobrir o lado cruel de seus regimes, mas ainda saudoso de qualquer coisa que não conseguia delimitar (sentimento parecido àquele que tem a mulher que sente saudade do homem que nunca conheceu), acabou por admitir que só lhe restava esse oceano de letras que não pesam nada e que não são a vida.

Ainda jovem, havia se tornado professor, e numa espécie de abnegação seguiu investindo em sua carreira acadêmica, que alcançou certa repercussão. Paradoxalmente, por mais que avançasse em seus estudos, nunca deixava de ser um aluno, o que lhe causava certo desconforto.

O novo século surgia, Franz aproximava-se dos trinta e já fazia quase dez anos que a Grande Marcha havia sumido das ruas do país. Foi quando Rachel surgiu como uma manifestação da providência. Rachel foi para Franz como uma aparição. Alcançá-la tornou-se imediatamente uma projeção de seu desejo de tocar a Grande Marcha novamente, depois de mais de uma década de abstinência.

Rachel trabalhava com números, planilhas, valores; vivia em reuniões em que tomava decisões sobre cifras que Franz nunca pronunciara. O mundo responsável em que vivia a alçava um degrau acima das decisões mundanas da vida de Franz. Que importavam suas pesquisas, quando Rachel praticava o mundo que ele só conhecia em ideia, em hipótese?

Para si mesmo, Franz dizia menosprezar o valor atribuído ao mercado, ao mundo corporativo e suas questões. Conscientemente, julgava-o *fake*. No seu íntimo, porém, admirava aquelas reuniões, as roupas, o vocabulário. Rachel, no trabalho, sentada em sua grande cadeira, era para Franz a imagem da relevância, a imagem do propósito. Aos seus olhos, ela pertencia ao sublime, o verso de sua vida ordinária e sem peso. Caminhou em sua direção como caminha o manifestante em direção à vanguarda da marcha, na expectativa de exercer no desfile algum mínimo protagonismo edificante. Aquele protagonismo mais baseado no lugar que se ocupa e em quem se tem ao lado do que em quem se é, propriamente.

Assim era a sofreguidão de Franz na busca por apreender Rachel, sua beleza, seus pensamentos, seu corpo: sentia que apenas ela poderia livrá-lo de sua posição de coadjuvante no espetáculo insosso em que via se transformar a sua própria vida.

10

PARA FRANZ, A HUMANIDADE é uma Grande Marcha. Uma marcha de revolução em revolução, de combate em combate, sempre em frente.

Já disse que quando Rachel surgiu em sua vida ele viu em sua aparição um sinal secreto da Grande Marcha. De alguma forma, ela lhe devolvia a confiança na grandeza do destino humano. Ela era perfeita porque, por trás de sua silhueta inebriante, despontava para Franz a gravidade da vida, o drama da existência, o absurdo do ser. Buscar sua direção remetia às torturas sofridas por seus pais e à vida que se leva na escala grandiosa do risco, da coragem e da morte ameaçadora.

Ao olhar para si logo após vê-la, Franz percebia-se minúsculo, e a enxergava infinita. Mas isso não lhe gerava mal-estar; ao contrário, sentia-se feliz.

Um de seus principais prazeres era caminhar nas ruas ao seu lado. Quando em sua presença, sentia-se capaz de coisas impossíveis. De mãos dadas, confiava que tinha uma importância precisa no mundo; tornava-se, finalmente, homem, apesar de para isso precisar de sua muleta. Quando se afastavam, toda a existência perdia a relevância.

Eu poderia seguir fazendo apontamentos os mais variados sobre essa curiosa característica de Franz, mas não seria o primeiro a refletir sobre o poder significante da beleza física para um narcisista.

11

PARA RACHEL, OS CONFLITOS, OS DRAMAS, as crises e as tragédias nada significam, não têm nenhum valor, não merecem respeito ou admiração. Depois de anos junto a Franz, tinha a convicção de que o que todo mundo poderia invejar nele seria justamente o trabalho que conseguia desenvolver em paz, em meio a seus tantos livros. Era justamente o que mais admirava. Curioso é que, mesmo sendo Rachel explicitamente avessa à sua Grande Marcha, Franz continuava vendo nela senão uma ilustração dessa grande movimentação humana em direção a seu destino. Quando debatiam tais questões, e principalmente quando ouvia Rachel aludir aos tantos livros entre os quais Franz vivia, ele balançava a cabeça, enfaticamente.

— Numa sociedade rica os homens não têm necessidade de trabalhar com as mãos e se dedicam a atividades intelectuais. Existem cada vez mais universidades e cada vez mais estudantes. Para encorpar seus currículos científicos é preciso que eles encontrem temas para seus artigos, teses e dissertações, e o quanto não se estimula esta superprodução! Existe um número infinito de temas, pois é possível falar sobre tudo e sobre nada. Pilhas de papel amarelado se acumulam nos arquivos, que são mais tristes do que os cemitérios, porque neles não vamos nem mesmo no dia de finados. A cultura desaparece numa multidão de produções, numa avalanche de sinais, na loucura da quantidade. Que tempos são estes! Creia-me: um só livro proibido significa muito mais do que os milhares de vocábulos cuspidos pelas nossas universidades.

Franz tinha esse sonho secreto: escrever um livro que seria censurado e proibido de circular por evidenciar de forma patente os modos de funcionamento espúrios da sociedade atual. O devaneio concentrava-se menos na publicação da obra do que em sua proibição: era um daqueles sonhos que subsistem no limiar da consciência, de forma a evitar que o ridículo da quimera se torne plenamente manifesto ao ser que a fabricou.

No princípio, Rachel apreciava isso que de início confundiu com algum idealismo ingênuo. Achava charmoso e até sentia certa satisfação ao pensar que nisso escapava, junto a Franz, da trivialidade que ora inquieta até os mais apáticos. Com o tempo, acabou percebendo os limites daquela interpretação.

Um dia, contou a Franz um pesadelo. Disse que nele havia se materializado o que ela chamou de "mal fundamental e universal". Na imagem de seu sonho, o mal era o cortejo de pessoas desfilando com os braços para cima, gritando as mesmas palavras em uníssono. Em certo momento, via-se no meio do desfile, mas era incapaz de gritar com os outros. No momento seguinte, via-se fora dele tentando discernir as vozes e a silhueta de cada participante, sem conseguir.

Como tudo o que Rachel dizia, Franz tomou aquele sonho como mais um indício de que ela o deixaria. O que nos lembra da história dos índios e de sua dança da chuva.

Conta-se que de fato os índios americanos tinham o poder de, com sua dança, fazer chover. O segredo, no entanto, era mais simples do que se poderia imaginar. Persistentes, os índios simplesmente dançavam até que chovesse — com isso, sempre tinham sucesso e sentiam que influenciavam o tempo de alguma forma.

Sempre quando penso em Franz e em Rachel, penso nessa história.

Uma semana depois que contou a Franz o seu sonho, Rachel de fato partiu com duas malas pequenas, nas quais havia reunido em uma tarde tudo o que lhe pertencia. Nesse dia, Franz foi o índio que dançara até que a chuva caísse. Ao ver o apartamento vazio, resmungou para si um reconfortante "eu já sabia".

Da mesma forma que o índio não se abala durante os vários dias em que continua dançando sem que chuva alguma apareça no céu, Franz não estremecera nos vários anos em que vivera tomado pela certeza de que Rachel o deixaria naquela mesma noite — mesmo ela continuando lá, ao seu lado, noite após noite, dia após dia. Franz dançou até que a chuva viesse, e quando ela veio teve a certeza de que seu temporal dava-se em merecida ciência premonitória.

12

APÓS SE SEPARAREM, FRANZ E RACHEL nunca mais se encontraram. Não fosse o fato de nunca terem se procurado, não se viram nem por acaso, apesar de morarem na mesma cidade, famosa inclusive por seus acasos e coincidências recorrentes. Para Franz, era como se Rachel houvesse de fato deixado de existir.

Logo ficou claro o quanto seus interesses eram distintos. Os circuitos que Franz frequentava com Rachel não eram do seu interesse natural. Se ela o acompanhava, era mais por sugestão própria do relacionamento que por um desejo íntimo seu.

Franz, por sua vez, continuou frequentando os mesmos ambientes do tempo em que estiveram juntos. Queria com isso reger uma coincidência, influindo na ordem natural dos acasos. Franz nunca aceitara que os acasos se regessem exclusivamente por suas próprias razões.

Sua atitude, no entanto, colaborou exatamente no sentido contrário de sua intenção: justamente por continuar frequentando os mesmos lugares, Franz nunca mais encontrou Rachel ao acaso.

13

SE RACHEL HAVIA SE AFASTADO ao perceber a fraqueza de Franz, era mais uma vez por culpa dele que ela se distanciava ao invés de se aproximar. Descobrir que não conhecia os seus reais gostos aguçou uma mordaz curiosidade póstuma em Franz.

Queria saber o que Rachel fazia agora, que ambientes frequentava, a que filmes assistia quando ia ao cinema, que restaurantes preferia. Tudo era então uma grande incógnita. Não saber tais trivialidades significava não saber quem de fato era a mulher com quem tinha passado os melhores momentos de sua vida. Era o mesmo que ter vivido uma vida de mentira.

Por saberem do peso que aquele rompimento tinha para Franz, os amigos evitavam dar notícias sobre ela. Aqueles que a encontravam — e sabe-se o quão reincidentes são os encontros fortuitos em uma cidade como Belo Horizonte — optavam por guardar para si a coincidência.

A Franz, essa falta de notícias sobre Rachel só aumentava o desejo de lhe ser fiel. Durante os cinco anos seguintes, buscou-a de forma metódica pela cidade. Decidiu mudar-se para o centro. Finalmente deixou a casa dos pais.

Passou a entrevê-la diariamente, nas sombras da cidade, escondida em rostos alheios. Um dia acreditou vislumbrá-la pelo vidro de um café. Estava com duas amigas, e via-se em uma animada conversa. Esperou por dois minutos inteiros, em pé, na calçada, até que a moça de cabelos artificialmente louros se virasse e o engano fosse confirmado.

Sentia sempre que estava na iminência de encontrá-la. Mantinha uma coleção de frases ensaiadas para dizê-las com segurança logo que o acaso fosse finalmente controlado e então o beneficiasse. Desejava mostrar-se subitamente espirituoso; treinava bastante suas cenas.

Voltou para seu novo apartamento. Nesse dia, recebeu uma mesa de madeira que comprara pela internet. Sentou-se na cama e ficou admirando o móvel. Alegrava-se de tê-la escolhido sozinho. Vivera toda a sua vida com móveis que não havia escolhido, na mesma casa que crescera com os pais.

No dia seguinte, deveria vir um marceneiro a quem iria encomendar estantes. Levara muitos dias para desenhar essa biblioteca, detalhar sua forma, dimensões e colocação. Nesse momento, compreendeu com espanto que não estava infeliz.

Por um momento esqueceu Rachel. Pela primeira vez na vida deixara de ser um garoto. Era independente. A presença física de Rachel contava muito menos do que pensava. Contava agora era o traço dourado, o traço mágico que ela havia imprimido em sua vida e que ninguém poderia tirar.

Aliás, sempre preferira o irreal ao real. Assim como se sentia melhor nos desfiles (que, como disse, não são mais do que um espetáculo, um sonho) do que numa cadeira de professor, estava mais feliz com Rachel transformada em deusa invisível do que quando estava com ela, tremendo a cada passo por seu amor. Ela lhe dera de presente a súbita liberdade do homem que vive só, enfeitara-o com a aura da sedução. Tornava-se atraente para as mulheres; uma de suas alunas apaixonou-se por ele.

Bruscamente, num período de tempo incrivelmente curto, todos os elementos de sua vida mudaram. Antes morava com os pais, apesar da idade; agora mora num pequeno apartamento só seu, onde sua jovem amante passa quase todas as noites. Pode fazer amor com ela em sua própria cama, na presença de seus livros e de seu cinzeiro em cima da mesinha de cabeceira.

A moça era discreta, não muito bonita, mas admirava Franz como ele, tempos atrás, admirava Rachel. Ainda não se habituara a essa nova vida. Sempre pensara que seu destino era admirar e não ser admirado.

Mas isso não era desagradável. E, se a troca de Rachel por uma estudante de óculos podia ser tomada como um pequeno desprestígio, sua bondade fazia com que ele a acolhesse com alegria e sentisse por ela um amor paternal.

14

QUANDO ESTAVAM A SÓS NO QUARTO, sua jovem amiga às vezes levantava a cabeça do livro e dirigia-lhe um olhar interrogador através de suas grossas lentes: — Em que é que você está pensando?

Sentado em sua poltrona, olhando o teto, Franz sempre encontrava uma resposta plausível, mas, na realidade, pensava em Rachel.

Quando publicava um artigo numa revista de maior repercussão, a estudante era a primeira a lê-lo e a discuti-lo com ele. Mas só conseguia pensar no que diria Rachel sobre o texto. Tudo o que fazia era para ela, e como ela gostaria que fosse feito.

Era uma infidelidade muito inocente, bem de acordo com Franz, que jamais poderia fazer algo que magoasse a estudante. Se alimentava um culto a Rachel, era mais como uma religião do que como amor.

Na verdade, de acordo com a teologia dessa religião, fora Rachel que lhe enviara essa jovem amante. Entre seu amor terreno e seu amor supraterreno reina portanto uma perfeita harmonia, e se o amor sublime (por razões teológicas) necessita de uma boa dose de inexplicável e de incompreensível, seu amor terreno repousa sobre uma compreensão verdadeira.

A estudante é muito mais jovem que Rachel, as bases de sua vida estão apenas esboçadas e é com gratidão que ela incorpora os temas que toma emprestados de Franz. Hoje a Grande Marcha já é também para ela uma profissão de fé. Vivem dentro da verdade, e juntas suas vidas regem-se como que por uma fórmula predeterminada, controlada e previsível.

Procuram estar sempre em companhia de amigos, colegas, estudantes e desconhecidos, sentam-se com eles e ficam conversando descontraidamente. Muitas vezes viajam juntos para a Serra. Franz inclina-se para a frente, a moça salta-lhe sobre as costas e ele a carrega a galope trilha acima, declamando em voz bem alta algum poema famoso de maior fôlego. A moça ri às gargalhadas, segura seu pescoço e admira a força de suas pernas, seus ombros e seus pulmões.

A única coisa que não entende é a contraditória e travestida simpatia que Franz demonstra por tudo o que diz respeito ao mercado financeiro, ao mundo corporativo, às carreiras profissionais, ao "sucesso pessoal" — esse universo de conhecimento em que especialistas de ocasião surgem aos montes, do dia para a noite (assim como despencam às pencas, mas não o suficiente), sempre parindo toda ordem de verdades imediatas sobre o que quer que seja. Ela não poderia saber que tudo aquilo era também uma espécie de espectro secreto de Rachel e do seu universo, a fazer um doce carinho no rosto de Franz.

15

NO DIA EM QUE FRANZ FINALMENTE recebeu as chaves de um gabinete na universidade, o auditório principal recebia um famoso *best-seller* estrangeiro em um evento independente. O diretor de uma das faculdades era amigo do palestrante, e havia remexido influências para que o colega pudesse sediar seu colóquio naquelas instalações. Devido à chancela da universidade, o favor pessoal acabara transformando o evento em um acontecimento.

O amigo do diretor fala sobre carreira, motivação e inovação, o perfil do novo líder, os conflitos entre as gerações na corporação do século 21, os paradigmas da horizontalidade. A sala está completamente lotada, e um retroprojetor transmite a palestra no saguão para aqueles que não conseguiram lugar no auditório. O orador tem os cabelos artificialmente negros e artificialmente lisos. Fala com um tom empolgado, com qualquer coisa de histeria (se vendesse seguros ou tentasse convencer seu público a participar de uma pirâmide, não se veria diferença). O homem arrebata seu público sem piedade, e não mede o uso de adjetivos para qualificar o inqualificável. Mais do que um discurso, suas palavras são uma verdadeira festa: a muitos oferece conforto semelhante ao oferecido pelo sermão do grande padre. Vez ou outra, para dar ênfase a um pensamento seu, torce levemente a cabeça e levanta o indicador, como que para ameaçar a plateia, mas em seguida rebate o gesto com um sorriso cor de leite. O morde e assopra leva o público ao êxtase.

Para a estudante de óculos, o ridículo do espetáculo é patente. Mas, sentada ao lado de Franz, reprime o bocejo; em pouco, acaba se convencendo de que é ela que ainda não conseguiu assimilar a importância e profundidade daquilo tudo. Já Franz sorri com ar devoto, entregue. Tem os olhos fixos no sujeito de cabelos negros, que acha simpático com seus inacreditáveis dentes brancos. Fica imaginando que esse homem é um mensageiro secreto, um anjo que mantém a comunicação secreta entre ele e o seu deus. Fecha os olhos e sonha. Fecha como os fecharia sob o corpo de Rachel.

16

AO MESMO TEMPO EM QUE DÁ AULAS no seu curso universitário, Franz é aluno de um respeitado programa de doutorado. Em um aspecto de sua vida, vê-se no cume de uma montanha, de onde fala mirado pelos olhos dos que se aglomeram aos pés do morro íngreme só para ouvi-lo. Na perspectiva inversa, ouve com os olhos voltados para o alto, assim como faz o devoto que corre para se sentar na primeira fileira do templo, na esperança de que Deus lance-lhe um olhar mais caridoso e complacente.

Franz duvidava de si mesmo. Era inseguro porque o amor não era para ele o prolongamento, mas sim a antítese de sua vida social. O amor era para ele o desejo de se entregar às vontades e caprichos do outro. (Aquele que se entrega ao outro como o manifestante que se oferece a ser pego em uma marcha deve antes desfazer-se de qualquer eventual arma.)

Vendo-se sem defesa, Franz entrega-se ao amor sem poder deixar de se indagar quando virá o golpe. Posso, portanto, dizer que o amor era para Franz a espera contínua do golpe que iria atingi-lo. E seu amor remetia a um golpe divino, um golpe que viria de um deus...

Franz era um amante do barulho.

— O barulho tem uma vantagem. No meio dele não se ouvem as palavras — já se ouviu Franz dizer em mais de uma ocasião.

Desde sua mocidade, não fazia outra coisa senão falar, escrever, dar cursos, inventar frases, procurar fórmulas, corrigi-las, de maneira que as palavras nada mais tinham de exato, o sentido delas se apagava, perdiam seu conteúdo; sobravam apenas migalhas, partículas, poeira, uma areia que flutuava no seu cérebro dando-lhe enxaqueca, e que era sua insônia, sua doença. Nessas situações, tinha então a vontade de ouvir uma confusão absurda, um barulho absoluto, uma bela e alegre algazarra que englobaria, inundaria, esmagaria todas as coisas, que anularia para sempre a dor, a vaidade e a mesquinharia das palavras.

No entanto, como acadêmico Franz era um ser preso às palavras. Precisava delas, ao tempo em que elas lhe causavam aflição e sofrimento.

Não deixo de entender o que lhe passava. Como escritor, sinto que viver significa ver, e para escrever é preciso viver. É quase impossível ao escritor escrever e viver. Às vezes, sonha com uma grande explosão que misture as coisas numa só, e que sua vida transfigure-se nas próprias palavras que escreve...

Sinto a visão limitada por uma dupla fronteira: a luz intensa que cega e a escuridão total. Talvez seja daí que venha a minha repugnância por todo extremismo. Preciso enxergar.

Os extremos delimitam a fronteira para além da qual a vida termina, e a paixão pelo extremismo, tanto em arte como em política, é um desejo de morte disfarçado. Franz, da mesma maneira que é atraído pela luz, é atraído pela escuridão.

Hoje, apagar a luz para fazer amor é tido como ridículo; há algum tempo Franz já pensava assim, e quando fazia amor deixava uma pequena luz acesa na cabeceira da cama. No entanto, no momento de penetrar, fechava os olhos. A volúpia que o invadia exigia escuridão. Essa escuridão era pura, absoluta, sem imagens nem visões, essa escuridão não tinha fim nem fronteiras; essa escuridão é o infinito que cada um de nós traz em si.

No momento em que sente a volúpia espalhar-se por seu corpo, Franz dissolve-se no infinito de sua escuridão, tornando-se infinito. Quanto mais o homem cresce na sua escuridão interior, mais encolhe sua aparência física. Um homem com os olhos fechados é um destroço de si mesmo.

Nos últimos meses com Rachel, ela, para não vê-lo durante o sexo, fechava os olhos. Para ela, essa escuridão não significava o infinito, mas apenas um divórcio daquilo que via, a negação do que era visto, a recusa de enxergar.

17

NA CAMA EM QUE HAVIAM FEITO AMOR, a garota de óculos grossos brinca com o braço de Franz:

— É incrível como você é musculoso.

Esses elogios lhe agradavam. Levantou-se da cama e suspendeu com o pé, lentamente, uma pesada cadeira de carvalho. Ao mesmo tempo dizia à mocinha:

— Você não tem nada a temer, posso defendê-la em qualquer circunstância. Em outros tempos fui campeão de jiu-jítsu.

Ela disse:

— É bom saber que você é tão forte!

No passado, Franz havia montado uma cena parecida para Rachel ao trocar o gás do fogão. Na hora de trazer o cilindro cheio, fez questão de levantá-lo aos ombros com apenas uma das mãos. Na ocasião, também ouviu de Rachel frase semelhante à que ouvira agora: — Como é bom ter um homem forte em casa!

Em seu íntimo, no entanto, Rachel acrescentou isto: Franz é forte, mas sua força é voltada unicamente para o exterior. Com as pessoas com quem vive, com aqueles que ama, é fraco. A fraqueza de Franz se chama bondade.

Franz jamais daria ordens a Rachel. Nunca mandaria que ela ficasse inteiramente nua em cima de um espelho e se pusesse a andar de um lado para o outro, como um ex-namorado que se dizia checo reincidentemente fazia em outros tempos, também numa espécie de desfile. Não que lhe falte sensualidade, mas ele não tem força para comandar; nem a si mesmo. Existem coisas que só podem ser conseguidas com violência. O amor físico é impensável sem violência.

Rachel viu então Franz levantar o cilindro de gás e apoiá-lo, com apenas uma das mãos, no ombro direito. Ele atravessou o exíguo espaço da cozinha e o depositou junto ao fogão, onde fez a troca. Procedeu da mesma forma com o cilindro vazio, que levou ao quarto de depósito, de onde havia tirado o outro. A cena parecia-lhe ridícula e a enchia de uma estranha tristeza. O teatro se deu poucos dias antes de Rachel contar a ele o seu estranho sonho do cortejo de pessoas desfilando com os braços voltados para cima. Terminado o serviço, Franz sentou-se virado para Rachel.

— Não é que eu não goste de ser forte — disse —, mas de que me servem estes músculos? Carrego-os como um enfeite. São as plumas do pavão. Nunca tive um motivo justo para quebrar a cara de alguém.

Rachel continuava com suas reflexões melancólicas. E se ela tivesse um homem que lhe desse ordens? Que a dominasse? Quanto tempo ela o teria suportado? Nem cinco minutos! Donde concluiu que nenhum homem lhe convinha. Nem forte, nem fraco.

Disse: — Por que de vez em quando você não usa sua força contra mim?

— Porque amar é renunciar à força — respondeu Franz docemente.

Rachel compreendeu duas coisas: primeiro, que essa frase era bela e verdadeira. Em segundo lugar, que, com essa frase, Franz acabara de excluir-se de sua vida erótica.

Com sua mocinha de óculos, Franz realizava o mesmo procedimento que havia desprendido em Rachel a percepção de sua fraqueza. No entanto, diferentemente daquela ocasião, agora Franz tinha em si um olhar maniqueísta o suficiente para só ver os seus músculos, fraqueza alguma através deles. Fez o seu malabarismo com a cadeira e a mocinha, tomada de desejo, jogou-se violentamente sobre seu corpo. Caíram os dois sobre a cama, rindo como crianças; ele divertidamente dominado. Fizeram amor novamente.

18

EU TENDO A PENSAR QUE FRANZ não é um homem do kitsch; ao menos não por natureza. Em que partido político ele votará? Receio que não planeje votar em nenhum, e que no dia das eleições, no ano que vem, prefira passear na Serra. Isso não quer dizer que a Grande Marcha tenha deixado de comovê-lo, mesmo após todos esses anos de ausência. É bonito imaginar que fazemos parte de uma multidão em marcha que caminha através dos séculos, e Franz nunca esqueceu esse belo sonho, tão recorrente em seus dias e noites. O que leva Franz ao kitsch é o sonho. O sonho é a grande arma do kitsch.

Um dia, amigos da universidade telefonaram-lhe. Estavam organizando uma marcha ali mesmo, em Belo Horizonte, tal como já vinha acontecendo em São Paulo, e queriam convidá-lo a unir-se a eles. Nessa época, poucos anos após a crise de 2008, os espaços públicos das principais cidades do país iam sendo tomados por uma série de manifestações. Um grande contingente de jovens saía de casa para fazer política. Eram em sua maioria jovens:

representavam uma geração patentemente alienada, mas pareciam finalmente decididos a não mais aceitar os desmandos de políticos que usurpavam generalizadamente o poder e entregavam seu controle e lucro a organizações privadas.

Aquele era o tempo de uma classe política incomparavelmente corrupta. Senadores, deputados, vereadores, governadores, prefeitos, todos tripudiavam da população em seus pronunciamentos e entrevistas, confiantes na passividade do povo — e em uma histórica impunidade, fruto de uma congênita falta de mecanismos para o controle, a participação e a interferência social nas questões políticas. Naquele momento, nenhum desses medalhões sabia aonde toda a agitação iria dar. Na dúvida entre a histórica marolinha e um possível tsunami, mantinham-se todos em discreto estado de alerta.

O movimento havia começado com um grupo de jovens que protestava contra o aumento do preço do transporte coletivo e contra a falta de transparência das licitações governamentais. Defendiam já há anos a migração desse sistema mercadológico de transporte para um sistema público e gratuito, subsidiado por impostos e acessível a toda a população. Na medida em que as manifestações foram ganhando relevância, outros grupos, com interesses diversos, engrossaram a marcha, diluindo a bandeira inicial em um emaranhado diverso — muitas vezes contraditório — de causas e requisições. A mídia de massa aproveitou a confusão para construir um significado estratégico para o momento. Alinhada ao poder político e empresarial, transformou a sua verdade em *mainstream* e vendeu anúncios como nunca — enquanto, nas redes sociais, subsistiam antagônicas resistências a essa construção de sentido dominante.

Nas ruas, os protestos endureciam. E o poder público, por meio da polícia e do exército, reprimia as manifestações cada vez com mais força e violência. Enquanto isso, a euforia seguia sem alcançar resultados práticos proporcionais à comoção. A muita agitação política — que na televisão já se travestia de grande revolução burguesa — confluía para o mesmo antigo gargalo dos conchavos partidários, os acordos de gabinete, as migalhas estrategicamente oferecidas com precisa recorrência para manter os ânimos nos previstos cabrestos.

Desde as primeiras movimentações, alguns setores sinalizaram desconfiar de qualquer coisa — por mais que seguissem sem conseguir delimitar do que exatamente desconfiavam. Mesmo assim, essa desconfiança foi se generalizando — ao tempo em que, paradoxalmente, a marcha ganhava cada vez mais relevância. Franz assistia a tudo sem capacidade de conferir sentido ao mundo novo que subitamente se transportara dos seus sonhos para a tela do seu computador.

19

EM APOIO AOS PAULISTAS e às demais manifestações que ameaçavam despontar em outras capitais do país, jovens belo-horizontinos decidiram organizar uma marcha que caminharia até o principal estádio de futebol da cidade, monumento à ingerência estrangeira no país, que recebia naquele momento o campeonato mundial de futebol. O governo federal havia sancionado uma lei específica para o evento. Nela, entre outras coisas, abria mão de sua soberania territorial em benefício da organização internacional que realizava a disputa. Nos jogos já realizados, o acordo vinha se traduzindo em uma série de constrangimentos legais e morais, como o estrangulamento de comércios locais ou mesmo o impedimento de que as pessoas que moravam no entorno dos estádios transitassem livremente entre suas casas e as ruas nos dias de jogos.

A ideia dos manifestantes era caminhar até o bloqueio de policiais em um grande espetáculo, a ser transmitido para o mundo, e com isso forçar a revisão daquele acordo. Isso ou alguma coisa parecida: a essa época, os manifestantes já eram uma massa heterogênea e contraditória o suficiente para que não houvesse um objetivo principal, ou único, para a manifestação. Uma coisa é certa: tinham a certeza de que os olhos do mundo estavam voltados para si.

O amigo que telefonou para Franz era um daqueles que, em outros tempos, participara com ele das passeatas que haviam deposto o primeiro presidente. Eram quase adolescentes à época, como já contei, mas o prazer de participar da Grande Marcha havia seduzido Franz para sempre.

De início Franz ficou entusiasmado com o convite, principalmente com a possibilidade de marchar junto aos organizadores do desfile, mas logo depois seu olhar pousou na estudante. Estava sentada na cadeira de carvalho, em frente a ele, e seus olhos pareciam ainda maiores por detrás das lentes redondas. Ali, parada daquele jeito, ela subitamente lhe pareceu um móvel fora do lugar, uma âncora de ferro presa aos seus pés, e que Franz não tinha a mínima disposição de arrastar consigo. Achou que aqueles olhos estavam implorando para ele não ir, para que ficasse na cama e fizessem amor novamente.

Deu ao amigo uma desculpa.

No entanto, assim que desligou o telefone, ficou arrependido. Tinha atendido sua amante terrestre mas negligenciara seu amor celeste. Não era Belo Horizonte uma variante da cidade de Rachel, da cidade-Rachel? Estava a cidade sob o jugo de uma força estrangeira! Uma cidade sob o jugo do desenvolvimentismo e do poder financeiro! De repente sentiu que o amigo, quase esquecido, telefonara-lhe por um sinal secreto de Rachel. Ao marchar pela cidade, marcharia por Rachel. E as pessoas celestes sabem tudo e tudo veem. Se participasse dessa marcha, Rachel iria vê-lo e se alegraria. Compreenderia que ele continuava fiel.

— Você ficaria sentida se eu fosse? — perguntou à moça, como que já a sugerir que não lhe convidava a ir junto. Ela lamentava cada minuto passado longe dele, mas não sabia recusar-lhe nada, tampouco exigir maior participação em sua vida além daquela que ele lhe oferecia gratuitamente.

No dia seguinte Franz estava junto aos manifestantes para o que chamaram de Primeiro Grande Ato.

20

EM VOLTA DE FRANZ ESTAVAM ATIVISTAS, estudantes, professores, escritores, músicos, atores, além de centenas de jornalistas e fotógrafos que os acompanhavam. Eram quase adolescentes aqueles meninos a empunhar suas câmeras fotográficas, filmadoras, celulares, transmitindo em tempo real os acontecimentos pela internet.

Jovens médicos voluntários, de mochilas estudantis nas costas, iam se distribuindo pela manifestação. A polícia ainda acompanhava de longe, com olhar ressabiado, o ajuntamento. Estavam no centro da cidade, organizando-se para caminhar por cerca de oito quilômetros, até alcançarem as redondezas do estádio.

No início, os manifestantes somavam centenas; rapidamente, devido à divulgação via redes sociais, tornaram-se milhares: antes que a marcha desse início, Franz já não via onde a massa de pessoas terminava. Um sucesso. Parecia que o mundo todo tinha se reunido ali, ainda que a maioria daquelas pessoas aparentasse não saber muito bem o que buscava em meio à multidão. Na vanguarda havia o monumento que demarcava o ponto mais central da cidade, onde uns trinta jovens de máscaras nos rostos, que mais pareciam estereótipos artísticos, tentavam iniciar um pronunciamento.

Os amigos que convidaram Franz para a marcha sentiram-se marginalizados e humilhados. O Primeiro Grande Ato em Belo Horizonte fora uma ideia deles — tinham como prova a comunidade que criaram em uma rede social, "a primeira a tocar no assunto", como não se privavam de repetir — e eis que aqueles outros, com a maior naturalidade, não só tinham tomado a frente do protesto, como também exigiam que se fizesse silêncio para que eles explicassem os motivos da marcha e seus objetivos. Por uma questão de princípios, o grupo dos amigos de Franz — que com seus agregados de ocasião fazia-se bastante numeroso — recusou-se a receber ordens daqueles estereótipos. Viraram todos as costas para o monumento. A multidão entoou uma sonora vaia neste momento, mas nem o grupo de Franz nem o grupo que trepava no obelisco conseguiram ter certeza se a massa chiava contra ou a favor da sua atitude.

Quando a chiadeira deu trégua, a turma ao redor de Franz começou a gritar que aquilo não estava certo: — Por que vocês se acham no direito de comandar esta manifestação? Aqui somos todos iguais! — gritavam. Como em meio à balbúrdia não conseguiam discernir nada do que estava sendo dito, os do monumento respondiam aos protestos com sinais de positivo e sorrisos amáveis, mas sem arredar pé do lugar. Não restou alternativa ao grupo de Franz que não fosse ir até o monumento, eles também, para de lá gritar que ninguém, absolutamente ninguém deveria ocupá-lo de forma a ter a fala privilegiada, muito menos soltar diretrizes sobre como a marcha deveria proceder. Após quase meia hora de discussão, decidiu-se que apenas um representante de cada grupo poderia ficar sobre o obelisco — àquela hora, no entanto, as agremiações já eram tantas que a quantidade de pessoas segurando-se no pirulito continuou na casa das dezenas. A palavra seguiu sendo disputada entre gritos e empurrões.

O aparecimento de uma jovem atriz de televisão marcou o ápice da altercação. A celebridade começou a falar com uma entonação teatral, quase profética, mas sem gritar, e com o olhar voltado para a multidão. Uma mão estendida entre os corpos amontoados a levou alguns degraus acima, de onde ela pôde ser vista de uma distância ainda maior. As vaias foram dando lugar a um silêncio crescente (poucos resistem ao desejo de ouvir um famoso falar). Fotógrafos clicavam entusiasmadamente em seus celulares e câmeras, e seus rostos refletiam simultaneamente admiração e desprezo.

A atriz falava dos jovens que haviam sido espancados em São Paulo e já também no Rio de Janeiro, os abusos cometidos pelas polícias militares das cidades, as balas de borracha "que ferem à alma através do corpo", o direito do homem à livre manifestação, a importância da conquista de uma redução mesmo que pequena no preço das passagens, o direito de todos de ir e vir, a bandeira pelo passe livre para todos, as ameaças que pesavam sobre a democracia brasileira, as liberdades individuais, a necessidade de mais participação e controle social — a importância da presidente naquele momento das manifestações, que em um encontro com artistas havia se mostrado aflita com os abusos cometidos contra os manifestantes. Essas últimas palavras foram ditas com os olhos úmidos.

Nesse momento, um jovem médico de barba ruiva começou a vociferar, à direita do monumento, um pouco à frente: — Estamos aqui para combater a corrupção! Não estamos aqui para glorificar a presidente! Essa manifestação não pode degenerar em circo de propaganda do governo! Não viemos aqui para protestar por qualquer miséria, estamos aqui para acabar com a corrupção!

Um grupo fez coro ao médico, enquanto outro chiou. Os vários representantes que se seguravam no monumento não sabiam se vaiavam ou aplaudiam, e faziam os dois simultaneamente. O rapaz que havia oferecido a mão à atriz, e que agora a segurava pela cintura para que ela pudesse gesticular enquanto falasse, só fazia pensar no calor que lhe perpassava todo o corpo pela proximidade física.

Enquanto a atriz tentava se recuperar do susto levado ao ser contrariada, a marcha pôs-se súbita e inesperadamente em movimento, antes mesmo que alguém daquela turma percebesse a deslocação incipiente e pudesse simular qualquer comando prévio no mesmo sentido. Entre os que estavam no entorno do obelisco, o grupo de Franz foi o primeiro a perceber o alvoroço: conseguiu antecipar-se aos demais, tomando a vanguarda pouco após o início da caminhada.

21

COMO É POSSÍVEL QUE ATIVISTAS que se rotulavam de esquerda aceitassem desfilar em um protesto contra um governo tido como de esquerda?

Quando as falcatruas daqueles políticos tornaram-se escandalosas ao ponto de ser impossível ignorá-las, o antigo homem de esquerda deparou-se com um dilema: ou se recusava a desfilar, mantendo-se (com algum embaraço) fiel ao partido e aos seus sindicatos e demais penduricalhos, ou renegava sua vida passada e enquadrava o governo e toda a antiga esquerda entre os obstáculos da Grande Marcha — e continuava participando do desfile.

Mas era aí que o século 21 apresentava o seu grande desafio à Grande Marcha. Se no passado era justamente o kitsch da marcha que garantia que a esquerda fosse a esquerda, nos Anos 10 do novo século esse kitsch já não se mostrava mais capaz de determinar exatamente nem esquerda nem direita. Ambas mantinham-se em si, cada uma em seu canto: a marcha é que se apropriava simultaneamente das duas, confundindo e moldando o manifestante em um ser híbrido, contraditório e perdido em um tempo ininteligível.

De toda forma, o que faz um homem de esquerda ser um homem de esquerda nunca foi essa ou aquela teoria, mas seu poder de fazer com que toda teoria se torne parte integrante do kitsch chamado a Grande Marcha para a frente. Até porque sempre foi praticamente impossível delimitar precisamente as noções e os homens de esquerda e direita a partir dos princípios teóricos em que eles se apoiam. Em outras palavras: o homem que marcha na avenida, braço estendido para o alto, tal como o homem que incorpora a falcatrua como essência de si, não são nem de esquerda nem de direita: são, antes e para além disso, semblantes sem corpos; simulacros sem referências.

No passado, a identidade do kitsch já não se determinava por uma estratégia política, mas sim por imagens, metáforas e um certo vocabulário. Agora, no entanto, escapava até disso: o kitsch da Grande Marcha era redeterminado a todo instante por novas e contraditórias imagens, por um vocabulário sempre mutante, que se renovava à velocidade da internet, e por metáforas que em menos de uma semana perdiam seu poder de penetração, ou mesmo passavam a ser recebidas de forma avessa à proposta de seu sentido original.

Só digo isso para explicar o mal-entendido entre o médico barbudo e a artista de novela, que acreditava, em seu egocentrismo, ser vítima de invejosos e misóginos. Na realidade, o médico dera provas de uma grande sensibilidade estética: palavras como "a presidenta Dilma", "livre manifestação", "redução de preços", "liberdades individuais", "participação e controle social", "passe livre para todos", "ameaças à democracia brasileira" faziam parte de vocabulário kitsch ambíguo e contraditório, que por vários aspectos distanciava-se do kitsch da Grande Marcha que ele, um jovem e rico recém-formado em medicina, vislumbrava. Era impossível, nesse sentido, ouvir calado tais impropérios.

Aquele que não quer perder a integridade deve permanecer fiel à pureza de seu próprio kitsch. Mesmo quando esse kitsch se torna dúbio e indevassável.

22

NÃO HAVIA MÚSICA QUE DESSE CONTA do que se estava vivendo ali. Então, enquanto caminhavam, os manifestantes cantavam músicas dos Anos de Chumbo, e entoavam palavras de ordem modernas entre os versos das canções. Cada um, à própria maneira atemporal, trilhava a Grande Marcha.

Quando os manifestantes passaram por um dos vários viadutos que atravessam a larga avenida, alguns alpinistas os surpreenderam ao surgirem dependurados com bandeiras do Brasil e cartazes com frases de efeito. Haviam se antecipado à marcha para fazer o seu show justo quando a grande aglomeração passasse. Os passantes bateram palmas emocionadas. O viaduto, que levava o nome de um vice-presidente, estava tomado. Todo celular passava apontado para o alto, ávido por uma foto insólita. No rapel, aqueles alpinistas figuravam como heróis.

Quando a marcha seguiu, no entanto, só restaram as cordas e os cartazes, desprendidos de sentido e plateia. Com alguma resistência, os alpinistas desceram. Ainda se sentia no ar um resquício da euforia de momentos atrás, mas que acabava parecendo-lhes histeria, na medida em que não havia mais multidão alguma para vê-los e comemorar o seu feito. Ainda sem assimilar o fim do espetáculo, desfizeram os arranjos de cordas, juntaram suas tralhas esportivas e partiram devagar, caminhando no meio da avenida no sentido contrário ao povaréu. Sentiam o peito comprimido. Desertas, as pistas pareciam reservadas para que fizessem seu caminho de volta.

O grupo dos amigos de Franz havia se distraído, e quando deram por si constataram que os estereótipos tinham tomado a dianteira mais uma vez, e já puxavam a vanguarda do desfile. Foi um momento delicado. Mais uma vez uma altercação se formou, resultando numa longa discussão. Finalmente chegaram a um acordo: um de cada grupo abriria a marcha. Em seguida viriam todos os outros; a atriz global ficara para trás, perdida entre os milhares de anônimos.

23

A AVENIDA ERA LARGA E CHEIA DE VIADUTOS, que iam sendo devidamente pichados, um a um, com frases de efeito. Manifestantes mais exaltados quebravam o que encontravam pelo caminho, mas focavam suas atenções em lojas de grandes corporações, como agências bancárias, e em símbolos de políticas públicas das quais discordavam, como concessionárias de veículos. A turma do deixa-disso era a de maior proporção, mas em contrapartida era naturalmente a mais coxinha nas atitudes, de forma que os mais exaltados, mesmo em minoria, agiam sem enfrentar resistência de fato relevante. Cada um fazia o seu caminho: se todos seguiam em frente (pré-requisito de toda Grande Marcha), suas diretrizes eram as mais diversas.

Cinco metros adiante de Franz, marchava o rapaz que havia estendido a mão para a atriz de novela. Era um músico da cidade, que já havia escrito várias canções sobre a situação política vivida pelo país naqueles dias. Levava várias cópias de uma dessas letras mimeografada, que distribuía ao léu, tentando ensinar a melodia a quem se dispusesse a ouvi-lo. Sua ideia era que cantassem todos juntos aquela que seria, segundo ele, a "canção de junho". Para sua infelicidade, os ânimos andavam por demais afetados e as atrações eram muito diversas para que alguém se prendesse por mais do que instantes a algumas frases no papel. O desinteresse da multidão fazia o cantor sentir seus contornos físicos se dissiparem em meio à multidão, como ele fosse apenas uma mínima parte insignificante de algo gigante sem significado inteligível.

O músico levava na ponta de uma longa vara curva uma bandeira branca, que combinava muito com sua barba espessa e negra, distinguindo-o dos outros. Jornalistas e fotógrafos iam e vinham como ninjas ao longo do desfile. Acionavam seus celulares, corriam na frente, paravam, recuavam, agachavam-se, depois recomeçavam a correr de cá para lá. Se viam um homem ou mulher mais célebre, gritavam entusiasmados seu nome; o interpelado virava-se maquinalmente em direção a eles e, nesse momento, as mãos tocavam frenéticas as telas das máquinas, mil cliques inaudíveis. Repórteres eram todos os que detinham um celular com máquina fotográfica e internet para postar em tempo real aquele grande acontecimento para o mundo.

24

HAVIA QUALQUER COISA NO AR. As pessoas diminuíam o passo e olhavam para trás. A atriz de televisão, que no início da caminhada tinha esquecido a si mesma mais para trás, recusou-se a suportar por mais tempo a humilhação de figurar simplesmente como uma dentre os milhares de anônimos da multidão. Decidiu reagir. A vergonha do pito levado do médico parecia ter passado, e agora ela era como um atleta que, tendo poupado suas forças durante toda a corrida, na reta final avançava de repente, passando à frente de todos os concorrentes. Os homens — aqueles mesmos, que dependurados no monumento representavam cada facção ali presente — sorriam constrangidos e abriam passagem para a vitória da ilustre corredora.

As mulheres que integravam essa primeira comitiva começaram a gritar: — Volte para o seu lugar! Isso aqui não é um desfile de artistas de televisão!

A atriz não se deixou intimidar e continuou a correr para a dianteira, seguida de perto pelo zoom dos celulares empunhados.

Uma professora de linguística agarrou a atriz pelos punhos e disse-lhe num tom atroz: — Aqui estão pessoas que desfilam para salvar nosso país da corrupção. Isso não é um espetáculo para artistas de televisão!

O punho da atriz estava preso nas mãos da professora como entre tenazes, e ela não tinha forças para se soltar.

Disse: — Foda-se! Já participei de centenas de manifestações em São Paulo! Em todos os lugares é preciso que se vejam artistas! É nosso trabalho! É nosso dever moral!

— Celebridade de merda — disse a professora em tom de deboche e desprezo, isso ao tempo em que acertava uma bela bofetada no rosto famoso.

A atriz sentiu a pancada e começou a chorar.

— Não se mexa — disse um jovem de blusa vermelha, que se esguelhou como um ninja até ela. À mão, uma filmadora digital.

Ajoelhada, a atriz fixou longamente a objetiva; lágrimas corriam-lhe pela face inchada e vermelha. O anel da professora fizera um leve corte na maçã de seu rosto, que sangrava um pouco.

25

AINDA NOS PRIMEIROS DIAS DE SÃO PAULO, os manifestantes perceberam a importante arma que a Grande Marcha havia conquistado para os desfiles do novo século: as câmeras dos celulares e filmadoras, capazes de transmitir em tempo real toda a imensa gama de arbitrariedades cometidas pela polícia contra os que participavam da marcha. Os policiais foram apanhados de surpresa. Tinham recebido instruções sobre que atitude tomar caso atirassem neles, jogassem pedras, lhes empurrassem, faltassem com o respeito. Mas ninguém dissera a eles como reagir diante da objetiva de um smartphone.

Em Belo Horizonte, o rapaz de blusa vermelha era um dentre os tantos que fotografavam e filmavam o desfile à exaustão, na esperança de captar alguma perspectiva singular que reportasse para o presente e registrasse para o futuro o sentido das injustiças cometidas ali.

Nisso se explica sua ânsia por capturar a imagem da jovem atriz ajoelhada no asfalto quente, em sua teatral expressão de sofrimento, o rosto violentamente avermelhado.

Em meio a tantas câmeras e filmadoras, a tantos repórteres e cinegrafistas profissionais e de ocasião, toda imagem da violência reduzia-se ao seu valor contábil, o valor de ser uma dentre tantas outras. A reincidência do absurdo tornava-o ordinário, com alguma coisa de trivial, e roubava-lhe parte de sua relevância de reportagem e de sua significação própria de absurdo. Era preciso inovar para ser relevante, forjar para ser verdadeiro.

O experiente jornalista de 47 anos era um dos que cobriam os acontecimentos na vanguarda da Grande Marcha, na iminência da barricada de policiais, câmera à mão e vestido com um colete em que se identificava "imprensa" em letras grandes. Seria ele um dos poucos que conseguiriam filmar — sem ter o seu equipamento danificado ou seus arquivos apagados pelos policiais — a marcante investida de um pequeno grupo do choque sobre uma garota que se desprendeu da multidão. Um desses policiais, um pouco à frente dos demais, acertou uma forte cacetada na cabeça da moça, com precisão, o que levou-a ao chão, sangrando de forma até constrangedora. Assustado, o policial desprendeu-se da formação e voltou à barricada, sumindo rapidamente atrás da parede de escudos e armaduras. Isso enquanto médicos voluntários ganhavam a dianteira, pedindo desesperadamente por segurança para se aproximar da vítima e prestar-lhe socorro a tempo de evitar a tragédia.

O vídeo do jornalista foi o de melhor ângulo, e produzido com a melhor resolução, o que, somado a outro marcante registro seu, acabou rendendo um número recorde de visitas ao seu site naquele mês. Nas imagens da agressão à garota, quase era possível identificar o rosto do policial que realizou o golpe, o que acirrou as atenções. Mas havia outros vídeos do acontecido; do acontecido e principalmente de tantos acontecimentos semelhantes, que se distinguiam do evento apenas por aspectos conjunturais, não de relevância.

O vídeo produzido pelo jornalista da velha escola nos diz algo sobre a diluição do absurdo própria da Grande Marcha. Ele nos ajuda a entender a ânsia do rapaz de blusa vermelha, que mira sôfrego a sua câmera para o belo rosto vermelho da atriz de televisão.

A despeito de toda a ênfase, o sentido do vídeo do policial espancando gratuitamente a mocinha com o cassetete teve o seu caráter de absurdo diluído entre as várias imagens de mulheres sendo agredidas e até mesmo violentadas manifestações adentro. Assim como as diversas imagens de policiais iniciando conflitos contra manifestantes já não mobilizavam as atenções (e consequentemente nenhuma efetiva ação), algo que se poderia esperar em função da gravidade dos fatos que reportavam. No universo da Grande Marcha, toda a diversidade, todo o vasto repertório de crimes cometidos pelos detentores do monopólio da violência era então transformado em algo homogêneo e impreciso, pastoso e inalcançável — grave mas, simultaneamente, comum. Sua relevância assumia a perfeita ambiguidade da palavra: ao mesmo tempo em que conferia relevo para os acontecimentos, a Grande Marcha exigia que fossem de alguma forma relevados no contexto grandioso do desfile.

Tudo isso se dava de forma irrefletida, tampouco problematizada, e nem poderia ser diferente: na Grande Marcha, todo sujeito integra irrevogavelmente o todo absoluto, que pensa por si e por suas partes — ainda que os participantes sejam levados a acreditar e sentir o exato contrário.

Justamente porque as imagens das atrocidades já não as significavam precisamente, era preciso forjar uma imagem para voltar a significá-las com alguma precisão. Ainda que intuitivamente, o rapaz de camisa vermelha percebia que não haveria melhor cena para chamar a atenção para a violência cometida pelo estado do que um belo e famoso rosto em lágrimas, ainda que tais lágrimas não fossem resultado direto dessa violência.

No kitsch, os fins justificam os meios.

No kitsch, os meios são afastados para trás do biombo.

Em nenhum outro espetáculo de sua vida a atriz tinha levado um tapa de verdade, de plena força. Nos folhetins, os jogos de câmeras preservavam sua beleza para a gravação das cenas seguintes, privando-a da dor da pancada.

Logo após ser focalizada em plano fechado, percebeu que seu rosto sangrava e imaginou-se feia. Quis virar a cara, fugir dali, abandonar o desfile; mas era tarde: a filmadora já havia eternizado a imagem do seu sofrimento como a imagem do sofrimento da Grande Marcha.

26

O DESFILE ATRAVESSAVA O ÚLTIMO VIADUTO, cujo fim colocaria os manifestantes frente a frente com a barreira policial, na avenida que dava acesso ao estádio de futebol. Os ânimos alcançavam a máxima exaltação.

O músico que carregava a bandeira branca chamou a atriz de televisão pelo nome. A moça jamais ouvira falar dele, mas, naquele momento de humilhação, estava mais sensível do que nunca às manifestações de simpatia, e correu em sua direção. O poeta-cantor passou a vara para a mão esquerda para poder enlaçar com o braço direito os ombros da celebridade. — Lá no centro, fui eu que te puxei para o monumento — disse, buscando com os olhos qualquer sinal de aprovação. A atriz sussurrou algo em tom conciliador, e se encolheu em seu peito como uma criança perdida e desprotegida que reencontra o pai.

Embaixo do viaduto, um princípio de confusão acirrava os ânimos junto ao bloqueio policial. Enquanto lá em cima as atenções se voltavam para a atriz, no final do viaduto os estereótipos haviam novamente tomado a frente do cortejo, e agora que eram maioria na vanguarda aproveitavam para forçar o confronto com a polícia. Grupos minoritários gritavam desesperadamente sobre a postura pacífica que deveriam manter junto à barricada, e eram rechaçados pelos mais exaltados.

Conforme combinado nas redes sociais, a massa de manifestantes se sentaria sempre que precisasse demonstrar desaprovação a alguma atitude violenta das facções mais radicais. Tentavam o movimento recorrentemente, mas ninguém conseguia permanecer no chão por mais do que alguns segundos: era impossível acompanhar os acontecimentos daquela posição e, mais do que isso, era simplesmente impossível ser visto, por causa da multidão. De forma que surgia sempre qualquer coisa de cômico no ar quando alguém gritava palavras de ordem do tipo "senta!, senta!, senta!", pois normalmente quem gritava era incapaz de permanecer no asfalto por mais que dois segundos, caso não estivessem todos no arredor também sentados.

Quando o grupo dos estereótipos começou a forçar a barreira, uma saraivada de bombas de gás foi lançada, e uma série de tiros de balas de borracha disparada a esmo. Depois de alguns minutos de confronto, polícia e manifestantes conseguiram recobrar a incrível guerra fria de antes.

No alto do viaduto, ninguém tinha tomado conhecimento do real teor da altercação lá de baixo. Chegava-lhes apenas um resto de empurra-empurra, como que uma consequência sem causa.

Os celulares ainda pululavam na frente da atriz e do cantor. Braço enlaçando seus ombros, o músico a conduzia apressado por entre os manifestantes. O rapaz deleitava-se com o interesse dos demais e desejava atrair para si a maior parte possível desses olhares; tomava o corpo da atriz aninhado ao seu com algum afeto que transparecia intimidade, e segredava-lhe ao ouvido palavras que, por mais triviais que fossem, ao olhar externo pareciam denotar que ali havia um antigo e íntimo casal.

Sob tantos olhares, o cantor sentia que seus traços indecisos tornavam-se finalmente perceptíveis e precisos, e estava novamente orgulhoso da alegria que lhe dava a sua arte, e suas canções. Cria como nunca na importância de sua obra. Em poucos minutos a dupla já se encontrava na parte inferior do elevado. Tinham feito a volta no vácuo do tiroteio e agora passavam embaixo do viaduto, tentando se desvencilhar da multidão, indo em direção à rua lateral.

Na barreira, uma nova confusão começava entre a polícia e os da vanguarda. O rapaz de blusa vermelha largou a filmadora e sacou com custo uma câmera de lente longa e espessa, na qual desejava reter a imagem do casal abraçado entre os manifestantes. Tinha já a sua personagem principal definida. E, caminhando na direção contrária do fluxo dos manifestantes, com aquela bandeira pendendo ao vento, os dois criavam uma cena de rara plasticidade. O fotógrafo podia vê-los ali de cima e pretendia chamar-lhes a atenção na hora do clique, na expectativa de registrar sua expressão de surpresa, os olhos desprevenidos voltados para o alto.

A cartilha do bom fotógrafo reza que as melhores imagens são vistas pelo profissional antes mesmo de existirem. Já a cartilha do rapaz de blusa vermelha rezava também que é justamente quando o mar está mais agitado que o bom capitão demonstra por que merece a função. Ou algo semelhante, posto que aquele não parecia a ninguém um tempo de metáforas, mas sim época de grave objetividade.

Debruçou-se então no parapeito do viaduto, preparando-se para a foto. Achou o ângulo que queria. Tentava ajustar o foco quando um encontrão lhe tirou o enquadramento. Foi assim que, no meio do empurra-empurra, antes mesmo que os chamasse, seu corpo tombava à frente e ele caía lá de cima.

Houve um barulho. Seu corpo desfigurou-se com o impacto, o suficiente para jorrar sangue nos manifestantes que estavam mais perto.

O músico e a atriz, apavorados, não puderam sair do lugar. O corpo tinha caído nem bem a dois metros à esquerda de onde passavam — por pouco não os acertara. Atônitos, levantaram os olhos para a bandeira. De alguma forma ela havia resvalado no sangue, e estava manchada de vermelho, o que aumentou seu terror. Depois, tímidos, olharam novamente para cima e esboçaram um sorriso honroso, com algo de épico. Sentiam-se inundados de um estranho orgulho com a ideia de que a bandeira que carregavam estava santificada pelo sangue. E assim, em vez de partirem apressados como pretendiam, retomaram a marcha. Nem viram o médico de barba ruiva que ainda tentara veementemente ressuscitar o fotógrafo, já morto desde o instante seguinte ao impacto.

27

A BARREIRA DE POLICIAIS FIGURAVA para Franz como uma espécie de divisa internacional. A tropa de choque formava um muro de escudos e cassetetes a impedir o avanço além-fronteira. Atrás deles, uma massa incontável de policiais empunhava escopetas de bombas de gás lacrimogêneo, rifles de balas de borracha e até estilingues artesanais, confiscados dos manifestantes ainda no centro da cidade em uma revista preliminar. Os agentes que haviam esgotado sua munição nos conflitos anteriores serviam-se de pedras, que atiravam contra os manifestantes até mesmo com as mãos. Já não havia um objetivo claro por trás das pequenas ações: o confronto fazia-se condição natural da existência naquele momento da história. Antes de algo a ser evitado, era já algo a ser gerido, conforme flutuassem ânimos e expectativas, pessoais e coletivas.

O limite até onde a Grande Marcha podia chegar era claro. A avenida seguia indefinidamente, mas havia cavaletes de aço a determinar exatamente onde terminava o território livre e onde começava a ingerência privada. Tropas policiais postavam-se do outro lado daquela fronteira, protegendo o que lhes havia sido determinado proteger. Mas não era possível vê-las completamente, tampouco precisar seu poderio. Via-se apenas a massa de policiais, que tanto podia ser inumerável quanto poderia se resumir àqueles que a visão distinguia. Não havia dúvida, porém, que abririam fogo novamente, a qualquer momento, principalmente se alguém insistisse em atravessar.

Alguns integrantes do cortejo aproximaram-se dos cavaletes e ficaram na ponta dos pés. Franz colocou-se numa brecha e tentou olhar: não pôde ver nada pois foi empurrado por um fotógrafo que se achava no direito de tomar seu lugar.

Olhou para trás. Seus amigos se roíam em ansiedade. Dois fotógrafos pousaram nos galhos de uma árvore, como fossem dois enormes urubus, olhos fixos no além-fronteira.

Nesse momento, um manifestante que não parecia pertencer a nenhum grupo dos que disputavam a vanguarda surgiu com destaque no meio da multidão. Trazia um grande alto-falante, em que se pôs a gritar na direção dos policiais: — Aqui estamos lutando por causas que também são as suas! Vocês também são parte do povo! As políticas que combatemos também dizem respeito a vocês! Se tiverem decência, vocês vêm para o nosso lado protestar contra esse absurdo!

O tom utilizado por aquele rapaz encheu de confiança os manifestantes. As palavras que ele dizia pareciam agradar a todos; até mesmo os estereótipos cederam uma trégua.

Do outro lado, a resposta dos policiais era um inacreditável silêncio. Um silêncio tão absoluto que todos ficaram angustiados. Só sussurros ressoavam nesse silêncio, como se a fala daquele sujeito fosse a oportunidade derradeira de um desfecho honrado para o desfile. A verdade é que ninguém nunca soube como um marcha poderia ser encerrada de forma honrosa que não por meio da violência, e muito da ansiedade daquele momento residia justamente no caráter inevitavelmente eterno e categoricamente precário da Grande Marcha.

Mas Franz teve, naquele momento, a súbita impressão de que ao menos aquela manifestação da Grande Marcha em sua vida chegava ao fim. As fronteiras do silêncio se fechavam sobre Belo Horizonte, e o espaço em que acontecia a Grande Marcha era apenas um pequeno palco perdido no planeta.

É, pensava Franz, a Grande Marcha continua, apesar da indiferença do mundo, mas ela está se tornando nervosa, febril. Ontem, pela deposição do presidente; anteontem, pela possibilidade de se eleger diretamente um presidente. Há pouco, pela existência da presidência; já hoje, ainda há instantes, por um sistema político completamente novo.

E assim no mundo todo: ora contra a ocupação americana no Vietnã; ora contra a ocupação vietnamita no Camboja; ontem, a favor de Israel; hoje, a favor dos palestinos; ontem, por Cuba; amanhã, contra Cuba; sempre contra os Estados Unidos, mas também contra os que lhes são contra, e quase sempre a caminho das compras em Miami. Ora pela causa social; ora contra o corrupto governo que paradoxalmente mais investiu em programas sociais, de fato como nunca antes havia sido feito na história do país. Num dia, pelo transporte público e gratuito para todos; no dia seguinte, pela volta da Ditadura Militar. Ontem, pela desmilitarização da polícia, pelo fim da truculência, pela punição dos abusos; no dia seguinte, pela firmeza da ação do poder na contenção dos grupos mais rebeldes, infiltrados na manifestação para prejudicar seu caráter pacífico, como seria dito à exaustão.

Quem é o dono da verdade quando a verdade não existe, mas surge em eterno devir, sempre ambígua e inacessível, sempre em construção e contradição?

Ora em uma direção, ora na direção inversa, o país desfila; o mundo desfila. Repetindo-se na esperança de se afirmar; anulando-se em sua insossa repetição. Alcançando na repetição a única originalidade possível em um tempo sempre pós. E, para poder seguir o ritmo dos acontecimentos sem perder nenhum deles, seu passo se acelera cada vez mais, até a Grande Marcha se tornar um desfile de pessoas apressadas, galopantes, num cenário que vai se encolhendo até que um dia seja apenas um ponto sem dimensões.

28

O RAPAZ DO MEGAFONE GRITOU todo o seu apelo pela segunda vez. As palavras eram as mesmas, um discurso que pareceria decorado, não fosse o tom espontâneo em que era proferido. Como da primeira, teve como única resposta o enorme silêncio da indiferença e do desprezo.

Franz olhava. Esse silêncio dos policiais, ao mesmo tempo em que lhes motivava a continuar protestando, agredia a si e seus amigos como uma bofetada. Poder sempre dar um novo passo à frente é talvez a característica mais indispensável à Grande Marcha. Ainda abraçados, o músico e a atriz olhavam consternados e épicos.

Franz tomou consciência, de repente, de um certo ridículo daquela situação dos manifestantes, mas essa tomada de consciência não o afastou deles; ao contrário, agora sentia por eles um amor ainda maior, só semelhante ao amor que sentimos pelos condenados. A Grande Marcha está chegando ao fim, mas será essa uma razão para que Franz a traia? Não estaria sua própria vida também chegando ao fim? Deveria desprezar o exibicionismo dos que seguiram até aquela fronteira mais preocupados com sua participação na Grande Marcha do que no motivo, propriamente, que os levara a marchar? Afinal poderiam essas pessoas fazer alguma coisa além de um espetáculo? Poderia ele, Franz, fazer alguma coisa além de um tolo espetáculo? Teriam outra opção?

A Grande Marcha é maniqueísta, e Franz tem razão. A atriz de televisão está cheia de razão. Todos os manifestantes, sem exceção, têm a sua inalienável razão. Justamente porque no reino do kitsch impera a ditadura do coração, e onde o coração manda não é sensato que razões façam objeções a outras razões.

Penso no jornalista amigo de seu pai, que organizara, no Rio de Janeiro, décadas atrás, a campanha de assinaturas pela anistia de prisioneiros políticos. Ele sabia perfeitamente que essa campanha não ajudaria os prisioneiros. O verdadeiro objetivo não era libertá-los, mas mostrar que ainda existiam pessoas que não tinham medo. Aquilo que fazia tinha a aparência de um espetáculo, mas não havia outra escolha. Entre a ação e o espetáculo, ele não tinha escolha. Havia apenas uma opção: dar o espetáculo ou nada fazer. Há situações em que o homem é condenado a dar um espetáculo. Seu combate contra o poder silencioso é o combate de um grupo teatral que enfrenta um exército.

Franz viu seu amigo da universidade levantar um dedo ofensivo e desafiar o silêncio dos policiais. Um dos que estavam perto esguichou spray de pimenta em seus olhos, e uma nova confusão se formou, sem contudo levar à abertura das fronteiras internacionais instaladas em plena metrópole. Vinte minutos depois, tudo voltava, novamente, à estaca zero.

29

PELA TERCEIRA VEZ, o rapaz bradou sua fala ao megafone. Mais uma vez o silêncio respondeu, transformando, de repente, a angústia de Franz em raiva frenética. Estava a alguns passos da barricada, que separava o Brasil daquele outro mundo, o mundo da realização. Foi possuído pelo desejo de correr em direção à fronteira e gritar aos céus injúrias terríveis, lançar-se voando contra os policiais e ser fuzilado no infindável estrépito das balas de borracha. Tinha certeza de que poderia derrubar vários deles antes de ser dominado. Sabia que poderia.

Esse súbito desejo de Franz lembra-nos alguma coisa. Franz não podia admitir que a glória da Grande Marcha se reduzisse à vaidade cômica de pessoas que desfilavam, que a algazarra grandiosa da nova história brasileira desaparecesse no silêncio infinito daqueles policiais, anulando a diferença entre a história e o silêncio. Franz não podia suportar o fato dos polos opostos da existência humana se aproximarem e se tocarem, aniquilando a divisão entre o sublime e o ridículo. Gostaria de colocar sua própria integridade física na balança para provar que a Grande Marcha pesava mais do que a leveza do ridículo.

Mas provar para quem? Para si? Franz sabia que coisas dessa natureza não podem ser provadas. Há poucos metros dele figurava uma bandeira branca manchada de sangue. Mas que peso ela tinha? O quanto ela havia pesado na balança? Nada. A grande balança permanecia imóvel. Desse modo, Franz sabia que, se estivesse todo o ridículo da marcha em um prato, e ele entregasse a sua integridade física no outro, a balança continuaria inerte.

Certos impasses transportam o infinito para o recorte de um instante. Foi nesse instante que Franz prostrou-se eternizado, e foi nesse instante que vi Franz, plenamente, pela primeira vez.

E pela última.

Os policiais decidiram não mais tolerar o falatório do megafone e cobriram o céu com a fumaça de suas bombas de gás lacrimogêneo. Em seguida, descarregaram completamente as suas armas na multidão. Desmobilizariam a aglomeração à força, como que para provar a si mesmos que mantinham o poder, única coisa que conferia sentido à vida de grande parte dos que estavam ali. O ataque pegou Franz bem no meio de seu devaneio estatizante.

Em vez de se oferecer a ser pego, Franz baixou a cabeça e correu. Correu o mais rápido que pôde na direção contrária dos policiais, como se corresse também de si mesmo, como se corresse para escapar também de si.

Franz era aquelas quatro crianças correndo no mato, existindo no afã de capturar e escapar, simultaneamente, a vida. A Grande Marcha debandou pelo mesmo caminho que havia chegado.

30

TODOS TEMOS A NECESSIDADE DE SER OLHADOS. Podemos ser classificados em quatro categorias, segundo o tipo de olhar sob o qual queremos viver.

A primeira procura o olhar de um número infinito de pessoas anônimas, ou, em outras palavras, o olhar do público. É o caso do músico e da artista de televisão; é também o caso do jornalista de 47 anos, que estava habituado com seus leitores e, quando foi demitido do jornal em que trabalhava há duas décadas, teve a impressão de que passava a viver numa atmosfera mil vezes rarefeita. Para ele, nada poderia substituir o olhar das pessoas desconhecidas. Sentia-se sufocar, até que um dia percebeu que suas postagens nas redes sociais eram tão lidas quanto algumas das matérias do jornal onde trabalhara. Criou uma página na internet para reunir os seus textos e reportagens e confirmou sua tese: em menos de um ano, o tráfego em seu site já era maior do que a audiência dos textos do antigo jornal, índices que conhecera detalhadamente quando se tornara editor. Sentia agora que cada pensamento, cada reflexão sua era acompanhada a distância por uma massa infindável de desconhecidos, uma massa inapreensível de mentes humanas com suas atenções voltadas carinhosamente para ele. No auge de sua popularidade, chegara a sentir que era mirado com admiração por uns e outros que o reconheciam na rua. De repente, pôde respirar de novo! Em tom teatral, interpelava com as mãos os indistintos leitores enquanto escrevia ao computador. Encontrara na tela luminosa o seu público perdido.

Na segunda categoria estão aqueles que não podem viver sem ser o foco de numerosos olhos familiares. São os incansáveis organizadores de festas e jantares, mais felizes do que os da primeira categoria, que quando perdem seu público imaginam que a luz se apagou na sala de suas vidas. É o que acontece a todos, mais dia menos dia. Já as pessoas da segunda categoria sempre conseguem arranjar quem as olhe.

Vêm em seguida aqueles que têm necessidade de viver sob o olhar do ser amado, a terceira categoria. A situação dessas pessoas é tão perigosa quanto a daquelas da primeira categoria. Basta que os olhos do ser amado se fechem para que a sala fique mergulhada na escuridão.

E existe a quarta categoria, a mais rara, daqueles que vivem sob o olhar imaginário dos ausentes. São os sonhadores. Por exemplo, Franz. Se chegou até a fronteira dos policiais, foi unicamente por causa de Rachel. O debandar da multidão o joga de um lado para outro da avenida e ele sente que Rachel tem os olhos pousados sobre ele.

Pertence à mesma categoria um filho renegado cuja felicidade é descobrir simetrias entre a sua vida e a de seu pai com quem não se relaciona, e mal conhece. Ou o rapaz que envia um longo e-mail para a ex-namorada que o rejeitou, sem pedir resposta — apenas pela satisfação de saber que, ao menos por um instante, a destinatária pousará o olhar sobre sua existência. Também faz parte a moça que, no arroubo do término de sua relação amorosa, esconde um bilhete dentro do livro menos acessível da estante do ex-namorado, e satisfaz-se ao imaginar que ele o encontrará em um futuro indeterminado e se lembrará, obrigatoriamente, dela. Pertence ainda o suicida que deixa a longa carta em que explica seus motivos, perdoa os perdoáveis e atribui culpa aos merecedores do eterno rancor. Supõe na carta a garantia de sua posteridade, e tem no seu último suspiro também satisfação.

Os sonhadores precisam desesperadamente de um olho imaginário que continue a observar sua vida. Para eles, as coincidências são sinais secretos de que estão sob a mira do olhar desejado. E, não satisfeitos com os acasos naturais, costumam frequentar os mesmos trajetos dos objetos de seu desejo para provocar encontros acidentais na rua. Franz é o grande sonhador desta história.

31

QUANDO FRANZ ALCANÇOU O CENTRO, já não aguentava mais andar. Havia corrido por quilômetros e, sentindo-se um pouco mais seguro, percorreu o resto do trajeto caminhando, ainda que apressado. Os quilômetros da volta pareciam muito mais pesados que os da ida — pesava-lhe o ridículo da Grande Marcha revelado.

Ao seu lado ainda caminhavam alguns manifestantes. Naquele momento, ninguém mais sentia vontade de discutir política — ainda que no dia seguinte a Grande Marcha tomasse novamente o seu lugar às ruas, maior, mais intensa, mais grave. Agora as pessoas seguiam em grupos para bares; algumas haviam se arranjado, e casais ficavam por motéis do caminho. O amigo da universidade o alcançou. Parecia recuperado do spray de pimenta, pois sugeriu a Franz que saíssem juntos à noite. Preferiu ficar só. Tomou um ônibus para casa. Dormiu por três horas e acordou com um pesadelo.

A noite caía e ele saiu. Pensava sem cessar em Rachel e sentiu que seus olhos o fitavam, levando-o como sempre a duvidar de si próprio, pois não sabia nunca em que ela estaria pensando. Ainda uma vez esse olhar mergulhava-o em conflito. Não estaria caçoando dele? Acharia ridículo esse culto que lhe devotava? Não estaria dizendo que era melhor ele se portar finalmente como homem e dedicar-se por inteiro à moça que ela mesma lhe enviara?

Estava escuro, já. Aqui e ali, ainda se viam resquícios da marcha de horas atrás. Manifestantes ainda circulavam a esmo, como que desistidos de seguir adiante.

Tentou imaginar o rosto com as grossas lentes redondas. Compreendia como era feliz com sua estudante. A participação na manifestação pareceu-lhe de repente ridícula e insignificante. Aquele retorno à rua pareceu-lhe sem propósito, e a falta de propósito era o que sempre mais lhe doía. No fundo, por que tinha ido à manifestação? Agora sabia. Participara para compreender, enfim, que sua vida verdadeira, sua única vida real não eram nem os desfiles nem Rachel, mas sim a estudante de óculos! Havia participado para descobrir, para finalmente se convencer de que a realidade é mais do que o sonho, muito mais do que o sonho.

De repente uma silhueta saiu da penumbra dirigindo-lhe palavras apressadas, que ele não podia entender. Olhou para o homem com um misto de surpresa e compaixão. O desconhecido se curvava, sorria com algum desespero e não parava de gaguejar num tom insistente, quase aflito. O que estaria dizendo? Parecia um manifestante; entendeu que pedia que ele o seguisse. O homem pegou-o pelo pulso para conduzi-lo. Franz imaginou que precisasse de sua ajuda. Talvez o dia não terminasse completamente inútil, pensou. Talvez estivesse sendo chamado para socorrer alguém!

Pouco caminharam, e logo dois outros tipos surgiram ao lado do homem que gaguejava. Um deles disse que Franz deveria seguir com eles. Agora o tom de voz era outro. Falavam os três como que acostumados desde sempre a dar ordens.

Nesse momento desapareceu do campo de consciência de Franz a moça de óculos. Lá estava novamente Rachel que o olhava, a Rachel irreal do destino grandioso, a Rachel diante da qual ele se sentia pequeno. Seus olhos estavam pousados nele com uma expressão de cólera e descontentamento: teria se deixado enganar mais uma vez? Estariam abusando de sua estúpida bondade, da sua inocência?

Com um gesto brusco, desvencilhou-se do que lhe segurava o pulso. Sabia que Rachel sempre admirara sua força. Aparou no ar o braço que o segundo levantara para ele e aplicou-lhe um soco perfeito no estômago, fazendo com que se contorcesse imediatamente, dobrando-se sobre si mesmo em dor. Voltou-se num giro ao que lhe trouxera pelo pulso e, com um soco certeiro na face, pôs-lhe também ao chão.

Agora estava contente consigo mesmo. Os olhos de Rachel não saíam de cima dele. Não, esses olhos nunca mais o veriam humilhado! Jamais o veriam recuar! Franz não seria nunca mais fraco e sentimental.

Sentia uma raiva quase alegre dos homens que tinham tentado se aproveitar de sua ingenuidade. Mantinha-se ligeiramente curvado e não tirava os olhos de cima deles. De repente, alguma coisa pesada bateu em sua cabeça e ele caiu. Ainda percebeu, vagamente, que os três o arrastavam para outro lugar. Depois caiu no vazio. Sentiu duas novas pancadas antes de perder a consciência.

Acordou tempos depois, num hospital da cidade. Ouviu a enfermeira cantarolando de algum lugar do quarto que não alcançava com os olhos. Queria pedir que avisasse imediatamente à estudante de óculos. Só pensava nela e em mais ninguém. Queria gritar que não suportaria nenhuma outra pessoa à sua cabeceira. Mas constatou, apavorado, que não podia falar.

Viu a enfermeira finalmente se aproximar. Olhou para ela com um olhar cheio de ódio. Sem poder falar, quis se virar contra a parede para não vê-la. Mas não podia mexer o corpo. Tentou então virar a cabeça. Mas nem com a cabeça conseguia fazer o menor movimento.

Fechou os olhos para não ver mais nada.

32

FRANZ MORTO PERTENCE, enfim, à memória do mundo, em toda a sua vaguidão de memória; a memória em toda a sua precariedade, em todo o seu caráter de esquecimento. Em seu enterro, num lugar ao fundo, encolhida e amparada por uma amiga, estava a moça dos óculos grossos. Chorou tanto e tomou tantos comprimidos que teve convulsões antes do fim da cerimônia. Curvou-se sobre si mesma, segurando o próprio ventre, inchado, e a amiga teve de ajudá-la a sair do cemitério.

Quanto vale uma única vida, subtraída à força? Quanto valeriam centenas? No teatro da vida, as manifestações foram palco da tragédia ou eram em si a própria tragédia? Rachel só conseguia ver uma festa do ódio repleta de uma estranha euforia, que hoje já lhe parece inexplicável. Franz via, seduzido como narciso, um espelho ininteligível.

Uma vida viaduto abaixo; outra Franz adentro, encerrado em si mesmo, até que morto. E ainda uma outra, nem bem gerada, que se perdia na convulsão nervosa.

Quantas mais não haverão sido? E os números: têm alguma importância? A Grande Marcha os leva em consideração? Rachel saberia dizer. No mundo das planilhas e custos, tudo é mensurável. Na tabela que opõe receita e despesa e vislumbra o constante desenvolvimento, há campo para todo dano colateral. Nela sempre é possível vislumbrar o saldo, seja qual for.

33

O QUE RESTOU DAS MANIFESTAÇÕES pela ética política no país?

Uma grande foto da jovem e famosa atriz de televisão junto ao desconhecido músico de barba espessa e negra, empunhando os dois uma bandeira manchada pelo sangue. Um vídeo da atriz em plano fechado, o rosto tomado pelas lágrimas, marcado pela violência.

O que restou de Franz?

Sua temporária presença na memória da moça de óculos grossos. Sua inescapável dissolução na memória do mundo.

O que restou do jornalista de 47 anos?

Um vídeo embaçado na internet, catalisador de premiada reportagem multimídia, em que o corpo de um homem é tirado do porta-malas de um carro preto e sem placas e deixado a dois quarteirões de um hospital.

O que restou de Rachel?

O registro em cartório de uma vida ordinária, com início, meio e fim.

E assim por diante, e assim por diante. Antes de sermos esquecidos, seremos transformados em kitsch. O kitsch é a estação intermediária entre a existência e a irrelevância, entre o propósito e o absurdo, entre o ser e o esquecimento.

A Grande Marcha e o império do kitsch

Elcio Cornelsen

COM *A GRANDE MARCHA*, O JOVEM ESCRITOR Ewerton Martins Ribeiro está debutando no cenário literário brasileiro. A novela é uma grata surpresa em vários sentidos, a começar pelo próprio projeto literário do autor, que extraiu argumentos do romance *A insustentável leveza do ser*, de Milan Kundera, sobretudo em relação à marcha, à manifestação coletiva e à discussão em torno do conceito de kitsch, atualizando-os num contexto específico: o das manifestações de junho de 2013 no Brasil. A inspiração na obra-prima do escritor tcheco lhe imprime também um caráter híbrido, entre ficção e ensaio.

O próprio gesto do narrador de *A Grande Marcha* nos faz lembrar o romance de Kundera, pois, na novela, o narrador se posiciona como observador das personagens, um observador que comenta seus atos e, por várias vezes ao longo do conto, abre espaço para digressões. Trata-se de um narrador que, logo de início, tem a coragem de dizer "eu" e se questiona diante do potencial leitor numa definição precisa dos termos "kitsch" e "fake".

Em *A Grande Marcha*, o narrador autoral se coloca, literalmente, como "escritor" que, em dado momento, discute a relação entre a escritura e a vida, algo que nos faz lembrar também de Thomas Mann, autor de *A montanha mágica* e *Morte em Veneza*, cuja impossibilidade de síntese entre espírito (*Geist*) e vida (*Leben*) levava à produção irônica de uma convivência melancólica e produtiva do par antagônico.

Um dos maiores desafios da prosa, para todo escritor, é justamente a construção narrativa, que lhe assegure uma força literária produzida por elementos eminentemente ficcionais. Esta, sem dúvida, é uma virtude de *A Grande Marcha*. Pois esse narrador autoral, onisciente e, por vezes, intruso, que observa, perscruta e comenta os comportamentos e pensamentos alheios e de si, indo além, nos faz lembrar outras categorias narrativas.

Basicamente, em determinadas passagens da novela, o foco narrativo oscila em meio a digressões do narrador sobre os conceitos de "kitsch" e "fake", ou mesmo sobre a situação atual do país, e a retomada de pensamentos sobre Franz, o protagonista, verdadeiros flashes de um homem não "da multidão", como o do conto de Edgar Alan Poe, mas um homem "com a multidão", num "estar com os outros, estar nas ruas", que engrossa a marcha de protestos rumo ao Estádio do Mineirão (perdão: Minas Arena!), durante a Copa das Confederações.

Dotado de alguns traços do narrador-câmera de que nos fala Norman Friedman, o narrador de *A Grande Marcha* capta esse ser anônimo da multidão, feito uma tela multicolorida, "um enorme mosaico humano": "É no meio dessa enxurrada que eu vejo Franz com precisão". E a câmera se move, distancia-se num olhar crítico-visual, em que o mosaico multicor se transforma "num pastoso e homogêneo branco leite, ridiculamente monocromático, quase estático".

Outro aspecto a se destacar diz respeito ao trabalho com o eixo temporal, marcado por presentificações, *flashbacks* e *flash forwards*, o que também colabora para a consistência literária de *A Grande Marcha*.

Além disso, a construção das personagens merece destaque especial. Franz, um brasileiro, é, na verdade, um anti-herói. Ele não recebe um sobrenome, assim como as demais personagens. Aliás, são apenas duas as nomeadas: além do próprio protagonista, Rachel, sua amada, mulher pragmática e inserida no mundo corporativo, que, diferindo de Franz, um acadêmico, "trabalhava com números, planilhas, valores; vivia em reuniões em que tomava decisões sobre cifras que Franz nunca pronunciara". As demais personagens são designadas por determinados atributos, como "a moça dos óculos grossos", sua futura amante, "o jornalista de 47 anos", "o rapaz do megafone", "o rapaz da blusa vermelha", "a artista de novela", "um jovem médico de barba ruiva", entre outros. Algumas dessas personagens são escolhidas pelo narrador, extraídas por instantes de seu anonimato na multidão, mas que voltam a submergir no mar humano.

O protagonista de *A Grande Marcha*, nas palavras do narrador, é alguém que "marcha ausente, vazio de um tudo". Filho de ex-militantes políticos que foram presos e torturados durante a Ditadura Militar, sua trajetória é a de um garoto que frequentara colégios renomados, que participara na adolescência de sua primeira manifestação, com cara pintada, em 1992, pelo Impeachment do Presidente Collor, e que se tornara professor universitário na área de Ciências Humanas.

Aliás, Franz nos faz lembrar o protagonista do romance *O súdito* (*Der Untertan*), do escritor alemão Heinrich Mann, fascinado diante da figura do Kaiser Guilherme II em meio à euforia da multidão durante um desfile pelo Portal de Brandenburgo em Berlim. Há, entretanto, a diferença sensível da ausência da figura patriarcal do imperador. Por assim dizer, na novela, o gato, ao roçar nas pernas de seu dono, está acariciando a própria pele. A multidão ganha ares de momento estético inebriante aos olhos de Franz, filtrados pelo olhar crítico do narrador. Assim como falamos da arte pela arte, seria o império do kitsch enquanto marcha pela marcha. E o protagonista realiza uma espécie de fuga para a multidão, fuga da singularidade, da individualidade, da morte. A fuga disso tudo, poderia ser materializada através do amor por Rachel, pois, na amada, Franz via "uma ilustração dessa grande movimentação humana em direção a seu destino". Entretanto, o relacionamento entre eles fracassa, e a separação é inevitável. Porém, Rachel não sai de seus pensamentos, e se torna um olhar permanente. Isso é patente na cena em que Franz, após tomar parte na marcha, retorna ao centro da cidade com um sentimento de derrota, pois o percurso topográfico da volta, ao mesmo tempo espacial, representa também um retrocesso no estado de ânimo do protagonista: "Os quilômetros da volta pareciam muito mais pesados que os da ida — pesava-lhe o ridículo da Grande Marcha revelado." E isso tudo ocorre com Franz, ao imaginar-se sob os olhares de reprovação de Rachel:

"Lá estava novamente Rachel que o olhava, a Rachel irreal do destino grandioso, a Rachel diante da qual ele se sentia pequeno."

Em meio a tudo isso, como uma espécie de *leitmotiv*, figura a discussão em torno do conceito de kitsch, aplicado à atualidade. O "como nunca antes na história do país" aparece como uma frase retórica que questiona o otimismo que toma boa parte da população brasileira de nossos dias, segundo o narrador, "a era de ouro do kitsch tupiniquim". O narrador é taxativo ao asseverar que, "no reino do kitsch, impera a ditadura do coração". E é o kitsch que leva o protagonista "a abraçar a Grande Marcha como o desfile inequívoco da humanidade em direção a seu glorioso destino". Pois, segundo o narrador, vivemos no "reino do kitsch totalitário — ainda que pintado com o dourado do rótulo *democracia*".

Nesse sentido, central para o estabelecimento da relação entre conceito e imagem é a seguinte afirmação: "Em última instância, é contra o kitsch que sai a Grande Marcha. A ironia é que ele é também a própria marcha, especialmente no que diz respeito àqueles que dependem dela para obter sentido para as suas próprias existências."

Por sua vez, a construção narrativa da marcha passa por um *crescendo*, o que torna *A Grande Marcha* uma novela urbana, desde a aglomeração da multidão na Praça Sete de Setembro, marco zero da capital mineira, as discussões, os diversos grupos e lideranças, a longa caminhada rumo ao estádio pela Av. Antonio Carlos, e a permanente cobertura midiática como um evento espetacularizado, em que smartphones se transformam em armas para captar imagens e veiculá-las numa rede global. Pois a Grande

Marcha se expressa como uma manifestação midiática, com ampla cobertura jornalística garantida por repórteres e fotógrafos, engrossados por amadores que gravam e fotografam com seus celulares para postarem seu material na internet, levando em segundos as imagens para o mundo. Pichações, depredações contra agências bancárias e concessionárias de veículos ocorrem ao longo da avenida, cometidas por uma minoria que, mesmo sob os protestos da maioria, não se intimidavam. A novela é uma espécie de crônica da marcha, acompanhada pela crescente tensão a cada capítulo, à medida que a multidão avança. Os mais exaltados, que ocupam a vanguarda ao se aproximarem das barreiras, buscam o confronto. E após longo silêncio do lado das barricadas montadas por policiais, que eram incitados a aderirem às manifestações, eclode o confronto, com o lançamento de bombas de gás lacrimogêneo contra a multidão, fazendo com que Franz corresse para fugir dali e visse seu sonho se esvair.

Por fim, há uma frase do narrador que sintetiza com propriedade a questão de se levantar uma bandeira na Grande Marcha: "Quem é o dono da verdade quando a verdade não existe, mas surge em eterno devir, sempre ambígua e inacessível, sempre em construção e contradição?" E mais do que isso, suas palavras finais revelam uma crítica ao império do kitsch em nossos dias: "Antes de sermos esquecidos, seremos transformados em kitsch. O kitsch é a estação intermediária entre a existência e a irrelevância, entre o propósito e o absurdo, entre o ser e o esquecimento." Se o sonho "é a grande arma do kitsch", como afirma o narrador, e "Franz é o grande sonhador deste conto", ao final, permanece o tom melancólico de um autêntico Inverno Brasileiro.

Este livro foi composto em Swift no outono de 2014
e impresso nos parques da Rotaplan, no Rio de Janeiro.